風の声 土のうた

川村たかし
Kawamura Takashi

道友社

風の声　土のうた

目次

目次

目次

第四章　うた〈平成十三年〉　157

目次

カバー絵・題字　村上豊

第一章 風

〈平成六年〉

一月　子ども

「大人はむかし、みんな子どもだった。だが、そのことを覚えている者は少ない」

有名な『星の王子さま』に出てくる、作者サン・テグジュペリのことばである。テグジュペリはフランス空軍の中尉《ちゅうい》だったが、先の第二次世界大戦中、偵《てい》察《さつ》に出たまま帰投しなかった。

私は児童文学者ということになっているものの、この肩書は何となく気になる。学者ではないからだ。さらにまた童話作家という呼び方もあるわけで、その辺のことは何となく分かりにくい（一般的にいって児童文学の方が上位概念）。イメージとしての「童話」とは、短い、メルヘン風な作品、妖精《ようせい》が自由に出没し、動物や鳥などの人間以外の生物とも交歓《こうかん》する。いや、風や岩や電柱といった無機物とすら心の往《い》き来ができる……。

それに比べて「児童文学」というと、もっと年齢的に高い世代が読む本を思い浮かべる。ストーリーがはっきりしており、骨ぐみの確かな長編。ファンタジーかリアリズムかを問わず、性格（キャラクター）は明快で個性的……。

何時《いつ》の時代も、子どもは未完成の大人であり、早く一人前に育てるために、教育の充実を図る必要がある。そう考えてきたのは日本ばかりでなかった。イギリスもフランスも、アメリカもロシアも。

多くの国では、子ども時代は一つの通過ポイントにすぎず、したがって親は殴《なぐ》るも蹴《け》るも自由であると誤解してきた。ひどい誤解だった。

大方の大人は、自分が紛《まぎ》れもなく以前子どもだったことを覚えてはいない。

ごく少数の覚えている「かつての子ども」が、現在の子どものかたちを作品で代弁する。

子ども文学の書き手たちは、そのことを気にしているか、気にはしても本質的に内奥《ないおう》では、昔も今も変わらないと、割り切って書くかのどちらかだろう。

子どもが好きか、と問われることがある。

嫌い、と答える。

あの利己主義、生意気、厚かましさ、にやにやとこちらの顔色をうかがおうとする狡猾《こうかつ》なまなざし。大正時代の童心至上主義、すなわち「子どもというものは汚《けが》れのない天使のようなもの」でないことは、はっきりしている。

しかし、私は子どものいる風景は大好きだ。

したがって私の書くものは、子ども世界だけを切り取ったものでもなければ、大人だけが登場する作品でもない。大人になっていく過渡期の子どもでなく、子どもとしての豊かさ、知恵、感性が花ひらく世界を、見えるように創《つく》りだしたいと考えている。通俗に染まった大人には気がつかないすばらしい豊かさの時代が、子どもの日常なのである。つまり、子どもの半分は大好きなのだ。

次に示す詩は子ども時代の感覚を鋭くとらえた、清新な発想の一例だ。

「カラーテレビ」（男児・七歳）

おばあちゃん
むかしのほうがぎじゅつがすすんでいたね
だって
色のついているものを
白黒で　うつしていたんだから

（『こどものひろば』福音館書店）

二月　野施行

近年、異常気象が話題になっている。雨がつづく低温に加えて、台風の通過などもあって、昨年（平成五年）日本は凶作だった。

半面、雨がなくて砂漠化が進行中の所もあるという。核実験による土地や大気の汚染、化学工場から始まる酸性雨や海水の汚《よご》れ、木材の濫伐《らんばつ》等々、緑の星だったはずの地球は年とともに、生物の住み家《か》としての機能を失いつつある。

地球が危ない。

いま、手を打たなければ取り返しがつかなくなる。誰《だれ》もが同じ思いだというのに、世界の宗教人――そういう表現が許されるとしてのことだが――は何をしているのだろう。

結束してコトの重大さについて発言し、行動しているのだろうか。それどころか、世界各地で紛争の火種になっている事例の方が目立つ。一部の信仰を持つ人々の憎しみが強烈なのは、歴史が証明している。

これでよいのか。

私が育った金剛山《こんごうさん》の南面する農村では、当時どこでもそうだったように、貧しかった。専業農家でさえ、せいぜい五、六〇アールの水田と、僅《わず》かの山畑で暮らしを立てていた。

忙しい季節は、小学生までもが働き手であった。使い走りはもとより牛の世話、収穫の手伝い等、ほとんど休む暇もない。小学校は一週間ばかり休校となった。

作業はしんどかったが、自分も大人たちと働いているという、誇らかな気分を、子どもなりに体得していた。

それでいて、やっぱり農家は貧乏だった。

貧しいことを礼讃《らいさん》するつもりはさらさらないが、豊かになることによって喪《うしな》ったものはいろいろあるような気がする。その一つは弱者への思いやり、いたわりの気持ちだ。

腹をすかせて山野をさ迷う動物たちと、人間の心はどこかでつながっていた。その表れが野施行《のせぎょう》である。

厳寒の一夜、七、八戸が集まって、赤飯のおにぎりを作り、油揚げを添えて三、四人のグループに分かれ、夜の山へ散って行く。

リーダーの老人が、

「せーんぎょじゃ」

とはやすと、一緒に歩く大人や子どもが、

「おいなりさんのォせーんぎょじゃ」

と声を合わせた。そうやって歩きながら、要所要所に檜《ひのき》の葉を広げ、まだほこほこと湯気の立つ大きなおにぎりを、二個三個と置いて歩くのである。

むかしから伝える、野に住むもの、山に在《あ》るものへのいたわりは、現在こんな形ではもう残っていないだろう。だが、私には五十年もむかしの動物たちへの叫び声が、ありありと聞こえることがある。手分けして歩く別のグループの「おいなりさんのォせーんぎょじゃ」という遠い声が谷を渡ってきては、心の奥の方をぼっと温《あっ》くするのである。

三月

寂しさのつづき

　近ごろ、子どもたちの犯罪が異様にエスカレートしつつある。子が実の父親を殺して、平然と言いのがれを試みたり、大勢が寄ってたかって、からかい半分、死に至らしめたり、小学生が中学生相手に金を強奪しようとして刺殺する。おぞましい事件というしかない。

　何が原因で、世の中が病むのか。子どもの心が病むのか。

　土壌のひとつにワンドアの家屋の状況があるような気がする。マンションの構造がそれで、裏口がない。屋根裏も床下もない。これは冬眠中のクマの洞穴《ほらあな》住まいと変わらない。一つしかないドアを閉ざしてしまえば密室となって、中で何が起こっているのか、うかがい知れないマンションやアパート住まい。

仮に出入り口が一つしかない家で、

「出て行け」

と叱《しか》る父親がいたとする。子は出て行く。行く先は友だちの家か、たまり場だろう。やがて彼はその辺をさ迷い歩き、空腹に耐えかねて戻って来ても、ドアに鍵《かぎ》がかかっているとすれば、今度は本当に還《かえ》るあてもない街へ出て行くしかない。

裏口からそっとのぞけば、そこにおふくろがいて、握り飯でも用意していてくれる——そういう図式は、もはや一般的でない。ワンドアの家でなくても多くの家の主婦が働きに出ているから、勝手口を入ったとしても誰《だれ》もいない。

誰でも一度は家出したいと願ったか、実行した経験があるだろう。私もやった。小学校三、四年生のころだったと思う。田んぼのあぜの陰で潜《ひそ》んでいると、日が暮れた。近所の人が提灯《ちょうちん》をかざしながら、私の名前を呼びつつ歩くのが見えた。ここにいますと姿を現す訳にもいかず、ひしひしと寂しかったのを覚えている。

現代はワンドア文化の時代で、建物だけでなく心もそうだ。外界を遮断《しゃだん》してしまえば、コンクリートの洞穴住まいも簡素で悪くない。

そういう生活の環境が、生き方の振幅《しんぷく》を狭《せば》めた観がある。遠くにあった二つの極があいまいになり、中間が広がった。たとえば男と女、たとえば善と悪。たとえば暗さと明るさ——。

かつて物《もの》の怪《け》が自由に往《い》き来した漆黒《しっこく》の夜は、街頭の明かりや車のライトのせいで退いてしまった。夜の怯《こわ》さ、不安が薄らいだ半面、想像力を刺激することもなくなった。妖怪も魔力を失った。

子どもは想像力をたくましくして生きる。物語や絵や音楽は、その空想の世界の肥《こ》やしとなる。そういうお金にならない、偏差値など直接かかわりのない感動の世界に、彼らを誘《いざな》うことができないものであろうか。

でなければ、子ども時代の寂しさのつづきを生きるだけの人生では、やりきれない気がする。

第一章　風（平成六年）

四月　牛はビフテキになり果てたか

機会があれば、若者たちにこんなアンケートをしてみたい。

「あなたは次のA・Bのうち、どちらが好みですか」

1、A　鳥　B　魚
2、A　水　B　石
3、A　弓　B　刀
4、A　花　B　団子
5、A　クロワッサン　B　あんぱん

6、A馬　　　B牛

思いつくままに並べただけのことだが、どうも若者対象では、Aが優位にありそうな気がする。Bに比べてイメージが軽《かろ》やかなせいだ。その代表は6の馬と牛の対比。

馬は体躯《たいく》がスマートで、スピード感に溢《あふ》れ、どこか気品がある。対する牛はイメージが悪い。鈍重《どんじゅう》で狡猾《こうかつ》、牡牝《おすめす》にかかわらず戦いのための角《つの》を備え、何だか汚い。もっといえば牛はビフテキに代表される、食糧なのだ。

私は子どものころ、牛と一つ屋根の下で過ごした。今から四十余年前の話だ。当時、農家ではほとんどの家で、まだ役牛《えきぎゅう》を飼育していた。田畑を耕し、荷車を曳《ひ》いた。

同じ屋根の下で暮らしておれば、糞尿《ふんにょう》の臭《にお》いはもとより、蚊《か》、蝿《はえ》の集まるところとなって、非衛生的なのはいうまでもない。だが、牛のいない農業は考えられなかった。家族の一員と同じだった。

小屋の中で踏みつけている糞尿混じりの敷《し》きわらさえも、有機肥料として大切だ。牛は農閑期《のうかんき》でも一日に一度は外に連れ出されて、外気に当てられる。世話を引き受ける子どもたちは、ブラッシングをしてやり、柔らかい青草を刈ってきてやったりする。

近くにいて、いちはやく血を吸いに来るアブを追ったりした。その牛がほろほろ泣くことなど、今の人は知らない。

子牛が売られて、はなればなれになる時など、親子の二頭は喉《のど》がつぶれるまで絶叫する。涸《か》れ果てた声は、

ヘエーッ

とかすれる。ほろほろとこぼれる涙が、目の下の毛を黒く濡《ぬ》らしながら、牛は交互に耳をはたはたさせて、相手の声を受けとめていた。

現代はライト感覚の時代。軽さが大切な時代。若い世代が美しいサラブレッドの雄姿に魅《ひ》かれるのは、当然のことかもしれないが、牛が単に食糧としてだ

けしか受けとめられていない現況は、それでよいものであろうか。

いや、牛だけでない。おびただしい他の生命体が人間の体内を通過して行くことを想《おも》う時、生きることの重さに、ひしひしと取り囲まれる感がある。

霜《しも》の深い朝、狭い畜舎からはみ出した去勢《きょせい》牛の群れが、給餌場《きゅうじば》へ動く光景に出合ったことがある。牛たちは背に霜を負っていた。大地の一片が剥《は》がれてきたかのように見えた。

五月　北国へ

四月の初め、北海道にいた。

今年（平成六年）は残雪が深くて、訪れた道央《どうおう》の新十津川《しんとつかわ》町でも、道の両側は二メートル近い。交差点では左右が見えないので、おのずと徐行することになった。

雪のむこうに、津田《つだ》フキの銅像がちらりとのぞいた。像の高さ一七〇センチ、台座一二〇センチ。拙作《せっさく》『新十津川物語』のヒロインである。台座がこの土地の雪の深さのはずだが、除雪した雪のせいで、彼女は下半身を埋《うず》めたまま、故郷である奈良県十津川郷の方へ視線を向けている。

明治二十二年夏、十津川郷は未曾有《みぞう》の山津波《やまつなみ》に襲われ、村は壊滅《かいめつ》状態に陥《おちい》った。谷を埋めた崩土《ほうど》によって生まれた泥湖《でいこ》は三十七。大小の山崩《やまくず》れ約九千カ所。死者百六十八人。

生き残った人たちが新天地を求めて、北海道へと渡って行った。集中豪雨から二カ月が過ぎた、明治二十二年十月のあわただしい出発だった。

その二千六百人の大移住団の中に、まだ九歳のフキがいたという設定である。架空の人物だ。

けれども、テレビでは実在したように映っていたから、どこに行けば会えるのか、今は何歳なのかといった問い合わせが相ついだ。人々は開拓の苦労話に、自分の祖母《ばあ》ちゃんをしのび、曽祖父《ひいじい》さんを重ねたりするらしい。

大和《やまと》の山中では、明治二十二年の山崩れはまだつい先年のような隔《へだ》たりでも、人間の世界では三代、四代の長さである。

フキの像の除幕式は、開村百年祝賀会の当日だった。奈良県からも多くの人が参加した。式の後、ＮＨＫは記者会見をして、斎藤由貴《さいとうゆき》が主演すると発表した。

以来、新十津川町では「新十津川物語」という酒ができ、まんじゅうができ、ラーメンやチョコレートがつくられている。

町のあちこちに高札《こうさつ》が立っており、「津田フキ馬橇《ばそり》横転の地」といった物語の内容を掲げている。あたかもそこにフキが実在したかのように。

本がなくても人は生きていくことができる。音楽がなくても絵画がなくても、別に困ることはない。しかし、より充実した精神の糧《かて》を求めて生きるのでなければ、寂しすぎる。文化や芸術といった感動のある暮らしでなければ、心が休まらない。

北海道へ出かけたのは、物語記念館が建つことになった台地を見るためだった。

雪が消え、カッコウが鳴きかわす六月下旬、私は開基《かいき》百五年の慰霊祭に出かける予定でいる。ついで八月下旬、今度は学生ともども物語の舞台を検証するために渡道したいと思っている。

冬が厳しければ厳しいだけ、夏は暑いという報告があるらしい。それならばなおのこと、涼しい北国へ出かける理由づけができたというものだ。

六月　半世紀の記憶

先日、同級会があった。

昭和十九年四月に中学一年生だった我々は、その日から算《かぞ》えて五十年になるという。五十年とはよくぞ生きたり、半世紀ではないか。

月並みないい方だが、紅顔の美少年だったはずの級友たちは、今や喉《のど》に皺《しわ》を溜《た》め、白髪《しらが》もあれば禿《はげ》もある。それでいて名前を告げられると、ああそうかと往時が蘇《よみがえ》る。物故《ぶっこ》した者も病者も増える中で、一度として現れない者もいる。

ふるさとは遠きにありて思うもの、〈帰る所ではない〉という人が意外に多いのだ。

あのころ、焼け野原となった都市を離れて、田舎へ疎開した学童がいた。個人と集団の二種があった。縁故を頼って田舎に隠れる者、引率者に率《ひき》いられて都市を脱出する集団。集団は小学生に限られていたのではなかったか。

したがって昭和十九年の中学一年生は土蔵《どぞう》を借りて寝起きするかと思えば、物置きで生活しながら聖戦の遂行《すいこう》に協力したことになる。貧しい農家では空室を提供するゆとりなどなかった。

敗戦まぎわの昭和二十年は、田舎に住んでいる者でさえ、朝夕は粥《かゆ》、昼は麦飯と決まっており、飢えることはなかったにしても空腹であることに変わりなかった。

疎開して来た人々は、僅《わず》かに焼け残った衣類を米や芋《いも》に換えて、生き延びた。中学二年生になると、海外から引き揚げて来る子弟が増えて、教室は通路もとれないぎゅうぎゅう詰めとなり、それでも足りなくて剣道場に区切りを設けて教室を増やしたりもした。

そういう田舎が、街から来た子どもたちに好ましい印象を残すはずもなかった。たとえ異土の乞食《かたい》となるとても帰る所にあるまじや、の心境であろう。

酒が巡って懐旧談《かいきゅうだん》が出るころになって、終戦の日はどうしていたろうということが話題になった。また、前日までに触れがあった〈重大放送を聴くように〉という指示の内容に「玉音放送《ぎょくおん》」という単語が使われたか否か。玉音などと予告すれば暴動も起こりかねないという説と、いや、重大放送で〈天皇〉が国民に話すことを、何故《なぜ》か知っていたと呟《つぶや》く者もいる。

重大放送をどこで聞いたかとなると、いっそう分からなくなる。夏休み中だから家で聞いたという証言と、いや学校にいたという者、プールで泳いでいた等々、定かではない。

あるシーンは実に鮮明なのに、隣り合ったページはまっ白のまま、何も残っておらず、一人一人違っていたのだということになった。

半世紀の記憶はこうしてほろほろと欠落し、やがて全ページに及ぶのであろうか。

戦火の絶えない各地の状況をテレビで見ながら、いたましい子どもの姿を往時の自分に重ねている。戦っている大人たちは、むかし一人残らず子どもだったということと共に。

七月　キャッチャー、キャッチャー

人はあまり信用しないが、ご多分にもれず私もいっぱしの野球少年で、終戦間もないころ、二シーズンばかり、草野球のオーナーだった経験がある。

あのころは少しばかりの空き地があると、いや空き地などなくても道路の上で野球に熱中した。

住んでいる大字《おおあざ》の名前をとって「中筋《なかすじ》野球団」とよんだ。私が団長でエース、四番を打つ。技が優れているせいではない。中学三、四年生は一人きりで、つまりはチーム一の年長者だったからにすぎない。

試合で殊勲《しゅくん》をたてると、便箋《びんせん》一枚くらいの賞状を贈った。ホームラン賞というのもあった。試合が終わって辺《あた》りに夕もやが漂《ただよ》いだすころ、小学校の運動場では団長の私が空《から》の石炭箱の上から、表彰状を読みあげていた。判コは親父《おやじ》の蔵書判を借りた。

エースともなれば日ごろのトレーニングが大切である。私は三歳年下の弟を相手にピッチングをつづけた。ミットがないので、捕手役は座布団をからだの前に掲げる。四角い座布団の大きさがストライクの広さということになる。四球をだすと交替した。

一時間もたつとキャッチャーミットの布が破れて、綿がのぞき始める。やがてぼろぼろになったのを押し入れに隠して、新品を持ち出した。十枚ほどの無残に破れた布団をつきつけられて、私も弟もうなだれるしかなかった。

試合には母が徹夜で縫《ぬ》ったミットやグローヴを使ったが、土手に芯《しん》がなくてふわふわしているために、よほど上手《じょうず》に捕《と》らないとボールを弾《はじ》く。パスボールはしょっちゅうで、キャッチャーの後ろに、もう一人捕手が必要だった。誰《だれ》かが「キャッチャー、キャッチャー」と名づけた。二、三年生の子が割り当てられた。ポジションはアンパイアの後ろということになる。

二番めのキャッチャーよりなお下手《へた》な者はライトの背後についた。それ以下の者が「入れて」とやって来た時は二塁手の背後におく。こうしてチームは総出演で戦うことになる。

そんなチームが三つ四つ生まれたために、対戦相手にこと欠くことはなかった。バットは棒を削《けず》って作った。手ごろな太さの竹を使ったりもした。竹のほうが打ちやすかった。

中筋野球団のなかまたちは成長して、隣家の倅《せがれ》などは高校からノンプロへ進んだ。キャッチャー、キャッチャーを務めていた子である。

あのころ、農家の子どもたちは家の手伝いのために忙しかったはずである。だが、私たちは時間を盗むようにして遊びまわった。野球もそのひとつだった。

遊びの中で私たちは、人間としてどんなふうにつきあっていくのが良いかというようなルールを学んだし、後から来る子どもたちに伝えた。今はそういう縦糸のない時代に移ってきている。

八月　長い風呂

遠く大台ケ原《おおだいがはら》山系に源を発する吉野《よしの》川は、和歌山県にはいって紀《き》ノ川《かわ》と名を変える。どういうわけかこの川筋に水泳選手が輩出《はいしゅつ》した。

むろんその代表は、ベルリン・オリンピックで初めて金メダルをとった前畑《まえはた》秀子《ひでこ》（結婚して兵藤《ひょうどう》）さんだろう。

昭和十一年のベルリン大会では同じ橋本《はしもと》町（当時）から小島一枝《こじまかずえ》、さらに四キロほど下流の妙寺《みょうじ》町（現・かつらぎ町）からも守岡初子《もりおかはつこ》が選ばれている。水泳女子十人のうち三人までが紀ノ川で育った人たちだった。

戦後になっても、フジヤマのトビウオこと古橋廣之進《ふるはしひろのしん》と一緒に活躍した橋爪《はしづめ》四郎《しろう》もそうだし、メルボルン・オリンピックの古川勝《ふるかわまさる》も、同じ川筋で育った。隣接する上流の奈良県五條《ごじょう》高校の女子チームは、十数年間王座にあった。前畑さんに取材したことがある。むかしこの川を「長風呂《ながぶろ》」と呼んだという。夕方になると男も女も、銭湯にでも行くようなしたくをして川に集まった。薪代《たきぎだい》を倹約できるし、社交の場でもあったのだろう。大台ケ原から和歌山市まで、川を長い風呂にみたてた発想はどこか、おかしい。

要するに大人も子どもも、ひまがあれば川へ向かった。川は遊び場でもあったし、社交場であり、自然の学校であり、同時に食糧庫でもあった。アユを釣るのは子どもにむりでも、ハヤやウグイはいくらでもかかった。夜にはウナギの習性を利用して石を積み、もぐりに来たところをヤス（もり）で刺した。

今夏のように猛暑がつづくと、川に近い所に住む私は、堤防まで出かけることがふえる。そこは見えないほどの川風が走っているからだ。しかし子どもの姿などどこにもないし、釣り人もちらほらとしか見当たらない。

川に死の陰が漂《ただよ》いだしたのは、いつのころからだろう。豊かな水にのって山から筏《いかだ》が流れ下り、反対に海のものを積んだ小さな帆かけ船がさかのぼって来た清流は、年と共に痛《いた》んでいた。

砂利《じゃり》はうすい泥《どろ》の膜《まく》で覆《おお》われ、魚影が消えてからは「長風呂」も死語になっている。せいぜい三、四十年の間に、山も川も、町さえも活力を喪《うしな》ったかに見える。

その荒廃に向かって立ち上がろうとするのは、一人一人の意識の問題であり、行動である。私に何ができるのだろう、何をすればよいのだろうというふうな。

強敵ゲネンゲルを相手に僅差《きんさ》で優勝した、前畑秀子さんの活躍を報じる河西《かさい》アナウンサーの声がよみがえってくる。

「あぶない、がんばれ、がんばれ、がんばれ、前畑リード、前畑リード、リード――勝った、勝った、勝った、前畑勝った、前畑勝った、前畑勝ちました。
ほんの僅《わず》か、ほんの僅かでありますが、前畑優勝です……」
風景の向こう側にある歴史から、学ぶものは少なくない。

九月　うちのイノシシ

元気の出る本を出しましょうよ、と編集者が誘ってくれたので、久しぶりに一冊を書きあげた。題名を『ドンマイ、上むけ』（くもん出版）とした。

野球の試合などで、味方がエラーでもした時の、

「平気平気、気にしない」

と、励ます時のDon't mind（ドント　マインド）である。

どこで聞きつけたものか、かつてのゼミ学生がお祝いの会を持ちたいという。

もちろん、ゼミコンにこと寄せた飲み会なのはいうまでもない。

そのクラスは二十二人いた。十六人が現れた。卒業して四年たっている、ということは二十六、七歳ほどか。結婚しているのは四人で、そのうちの一人はまだ一カ月ほどしかたっていない。

二年ほど若い別のグループと飲んだ時は、ボーイフレンドの話が、さざ波のように座を占めたが、ここではしごとの話、友人知己《ちき》の話題に華《はな》が咲いた。

憧《あこが》れのニューヨーク公演でプリマをこなしたとか、オーストリア、ドイツ、フランスの演奏旅行では第二バイオリンを担当したとか、思いきって会社を辞《や》め、大学院を受けるつもりであるとか、意外に個性的である。別の二人はボルネオ島（東マレーシア）から始めて、気まぐれなアジア旅行を試み、他の一人は演劇――座を結成して、九月には旗あげ公演を予定している。

話題は後輩たちに及んで、同人雑誌の発足や、イラストの勉強、童話の執筆等、枚挙《まいきょ》にいとまがないほどである。

二番めに驚いたのは、自由の利《き》くアルバイターが多いことである。このクラスが卒業するころは女子大学も売り手市場で、就職は百パーセントに近かった。時間をやりくりして好きなことに打ちこむのでなく、初めに時間を用意しておいて活動を始める。以前のように悲壮感がないのは、しごと中心に据《す》える点は、男性と明らかに違っている。

三番めは彼女たちの交際相手が複数らしい点である。その中に必ずしもお婿《むこ》さん候補はいない。ボーイフレンドとは何か一味ちがう異性の友人らしい。

H子は、ある劇団のプロデューサー兼タレントのしごとを務めているが、「うちのイノシシは優しいいて助かっています」ということだった。この場合の優しいとは、どうやら労力提供のことだと思われた。そしてまたH子のイノシシは、もう三頭めであることを、私は知っている。ここに集まって来たクラスメートも知っている。

創作のコーチとして、書くことの後押しをしている私は、『ドンマイ、上むけ』を一冊ずつお土産《みやげ》にさしあげて、さっさと引きあげることにした。読んでもらって、元気が出る本であればよいのだけれど。

十月

学校図書館の四十年

第二十八回参議院予算委員会でもとりあげていたが、一カ月に一冊も本を読まなかった子どもは、小学校で一二パーセント、中学校で五一パーセント、高校で六一パーセントいるという（学校図書館協議会調べ）。

総務庁（現・総務省）調べでも漫画や雑誌以外の単行本を一冊も読まなかった者は、全体で五〇・三パーセント（平成三年）にのぼるという。

読む本がないのではない。読まない、あるいは読めないのである。

受験勉強が忙しくて、読む時間をとれないこともあろう。テレビゲームの方に興味をそそられる子も、スポーツに打ちこむ子もいる。そういう受像時代の共通項とは別に、本の値段も高価になって、読みたい本が手に入らないことがあるかもしれない。

では、図書館利用についてはどうだろうか。

議事録によると、平成二年十月現在、公立図書館の設置率は二一・三パーセント。二五九〇町村のうち、五五二町村が設置しているにすぎない。それでいて、生涯学習に一番希望の多かったのは図書館の設置だった。

問題が大きすぎて実感に遠いというなら、学校図書館はどうなっているだろうか。

文部省（現・文部科学省）は昨年（平成五年）、苦心惨憺《さんたん》の上、地方交付税で、五年間に五百億円という図書費を予算化した。

しかし、学校ではほとんどの図書館が、蔵書を活用しきれていないし、予算を効果的に執行していないのが実情である。専門の司書がいないせいである。

たとえば職員会議の時間、図書館担当の先生はやはり会議に出なければならない。やむなく子ども委員に託すか、鍵《かぎ》を掛けることになってしまう。

悪いことに監査というものがあって、予算の執行についての調査が行われる。この時、買い入れた本がまちがいなく保管されているかどうかが問題なのだ。むろん整然と並んでいるのを良しとする。悪いことにと記したのは、本は読まれなければ意味がないし、読まれればそれだけ汚れもし、傷《いた》みもする。

もう一つは、学校図書館法の第五条に「司書教諭を置かなければならない」と定めながら、附則の二項に「当分の間置かなくてもよい」とある点だ。当分の間は司書がいなくてもよい。そのうちに養成して配置するという趣旨のものであったと思われるが、四十年を過ぎてなお実現されなかった。

図書館がほとんど機能していない現状では、「文化国家」が泣く。空き教室がどんどん増えていく小・中学校での児童図書の専門家の育成が待たれる。

一冊の本によって、絶望の人生に立ち直れたという人、生きることを励まされた人、それほどでなくても〈もう一つの世界〉の楽しさに浸《ひた》ることの重さを思う時、私は子どもの読書ばなれについて大勢の人が発言しなければならないと考えている。

十月　学校図書館の四十年

十一月　巨人優勝

お祭り騒ぎのつづく巨人の優勝で、今年（平成六年）の野球は幕を閉じようとしている。私は中日ドラゴンズのファンだからおもしろくないが、しかし何やら今年のジャイアンツは悲愴《ひそう》感があって、やれやれご苦労さま、お疲れさまと申しあげたい。

今年に限らず、このチームは何時《いっ》でもトップに立つことを要求されており、その重苦しさが選手にのしかかっている。が、創立六十周年とかの今年、西武ライオンズに勝った長嶋《ながしま》監督のはしゃぎようを見ているのは、悪い気分ではない。

それにしても終盤のセントラルリーグはおもしろかった。まずカープが待ったをかけ、力尽きるころドラゴンズが伏兵《ふくへい》のように立ちふさがった。

日本シリーズに入って、西武ライオンズが敵役《かたきやく》を演じることになった。常勝チームに対する反感もあって、長嶋人気が高くなればなるほど、森《もり》監督が悪役の立場になる。つまるところはお祭りである。陽気な方が声をかけやすい。

私が中日ファンだというと、いぶかしがる人がいる。どんなご縁があるのですか、タイガースとかバファローズ（前・近鉄）とかが多いのでしょう、奈良県の人は――。

戦後間もなくプロ野球が復活したころから、私はドラゴンズとブレーブス（前・阪急）が好きだった。どちらも地味なチームだった。ラジオを通じて想像する野球場の雰囲気を、早くこの目で見たいものだと憧《あこが》れたりした。

昭和二十年代の終わり、中日球団は奈良市の春日野《かすがの》球場でキャンプを張った。

そのころは奈良市に下宿していたので、毎日のように練習を見に行った。西沢《にしざわ》とか杉山《すぎやま》とかのホームラン打者の打球が、グラウンドを越えて、何本も何本も杉の梢《こずえ》を打つのを驚嘆しながら見ていた。練習を終えた杉下《すぎした》投手が、長身を前かがみにして、木の根の浮き出た公園を、宿の方へ帰っていくのを見送ったりした。

その年、ドラゴンズは優勝した。

卒業して私は小・中・高校、大学と教えてきたが、中学、高校では野球部の部長を、定時制高校では監督を務めた。

中学のチームの中に、Tという投手がいた。駿足《しゅんそく》、強肩、強打をかわれて四番。このチームは強かった。後にプロ野球界を代表する強打者になったKをはじめ、数人の傑出した選手がいた。

Tははじめ、スワローズに入団、投手として活躍した。たしか巨人から五勝をあげたはずである。Tが急死したのは、三十五、六歳の時だったろうか。そのころはもう球界を退いて、大阪でスナックのマスターをしていたが。
巨人の華《はな》やかな銀座のパレードを見ながら、私は何故《なぜ》ともなくTが懐《なつ》かしかった。オープンカーに縁のなかった数知れない青春のことを思っていた。

十一月　巨人優勝

十二月　故郷

「あれえ」と、母はいった。

「何時《いつ》帰ったんや」

「今日《きょう》、たったいま」

「そうか、うれしいよ、寒かったろう。久しぶりやな、元気かえ」

倅《せがれ》は土産《みやげ》の寿司《すし》をさしだした。母は八十五歳になるはずだが、八十二歳だと言い張ってきかない。二男夫婦と住んでおり、親不孝な長男は十日ぶりの帰郷だった。

「寒うなったなあ、このごろは出て歩くことも減って。どこと悪いところはないのやが、ここに水が溜《た》まるようになって」

母は右の膝《ひざ》がしらを押さえた。

「左は何ともないのやが、いまのうちにウチへ去《い》んどこうと思うてな。したくだけはしたのやが、去んでも誰《だれ》もおらんやろうし」

生家は十キロばかり離れた山中にある。ウチとは母自身の生家をいう。ここの家に、いつまでも世話になっているのは心苦しいから、娘時代を過ごしたウチへ父母の顔を見に帰りたいというのである。しかし、父母は当然、何十年か前に幽明境《ゆうめいさかい》を異《こと》にし、弟の嫁やその子たちの世代へ移っているのは知っている。知っていて、母は故郷の山河しか頭にないらしかった。

「まあよう帰った。何もないが寿司でも食べておくれ。ビールもあるし、ゆっくりして行けよ。泊まって行け」

寿司はたったいま、長男がさしだした土産なのだが、母にすればどうやってもてなそうかと、懸命なのである。

「ところでお前はどこへ勤めているんか。そうかB大学で教えてるんか。女子大ってか。わたしも何時までもここの家に世話になっとる訳にはいかんし、ちょっとウチへ去んで来るわ」

二男夫婦は共にしごとを持っているために、夕方でなければ戻らない。その間、母は飼い犬のタロと家を守っていた。

ウチへ帰るといいだした以上、お供《とも》をするしかないか、と急に寒々と家の中を見まわした長男は、車の手配でもと腰を上げながら、「お祖母《ばあ》ちゃんが実家へ帰るのはええけど、おれもこの家しか帰る所、ないねんけどな」。そういうと老母はしばらく考えこみ、「あっ、そうか。そうなるかなあ。ほんなら去ぬのは、ちょっと延ばすか」と、はあはあ笑う。やっと、倅の顔が見えだしたらしかった。

「どんな味か分からんが、寿司など食うて行け。遠慮すんな。ほれ、ビールでもつがせてもらおう。ところでお前、どこへ勤めている？　へえB大学か。大阪の大学か。ちゃんと教えているか」

そのあたりから、母はやっと落ちついて寿司に箸《はし》をつけた。倅もビールの味が分かるようになった。親子の時間がゆっくり戻ってくる、と感じた時、母は目を上げて、いぶかしそうに長男を見た。

「ところでお前、どこへ勤めている？」

第二章　声

〈平成七年〉

一月　神むかえの日

お正月さんきたら
雪みたいな飯《まま》炊いて
割り木みたいな魚《とと》たべて……

うたいながら私たち子どもは、その日を待ちかねた。そして正月はある日、確実に神と共にやって来る。

前夜は遅くまで家の中のほこりを払ったり、注連縄《しめなわ》を飾ったりであわただしかったが、大人たちは深夜まで用があり、幼い者たちはふとんに追いやられた。

一夜が明ければ、いつの間にか神棚に灯明《とうみょう》がまたたいて、灯《ともしび》は炎のゆれる分だけ闇《やみ》をかじりとっている。子ども心にも、疾《と》く、神が入りこまれているのが分かる。

元旦の主役は父で、この日は誰《だれ》よりも先に起きた。男は祭主《さいしゅ》なのだ。若水を汲《く》み、神々に供物《そなえもの》を捧《ささ》げ、火を点じる。雑煮《ぞうに》などは前夜のうちにしたくしてあったが、火を入れるのは父の役目だった。

男が台所に来て主役を演じるのは奇異な感もしたが、ふだん家事に忙しい女たちへのいたわりだという人もいた。洗面も水ではなく、湯を使った。

灯明のゆらぐ中で起き出した子どもらは、まだ暗い井戸端で顔を洗い、歯を磨き、床の前に正座して手を合わす。それがわが家の習わしだった。床に掛けた何やらいかめしい白衣のご神体は、横から見ても、斜《なな》めから見ても、ぎょろりとにらみ返してくるのが怖かった。

参拝した者は鏡もちといっしょに供えたミカンや干し柿のお下がりを頂く。

パチパチと柏手《かしわで》をおまけして、さらに二つ三つポケットにねじこんだとしても、この日ばかりは大目に見てもらえた。

それから家族はこぞって膳《ぜん》につく。もちろん同じ屋根の下に住むもう一人の家族である役牛《えきぎゅう》も、食い始めている。ぼつぼつ外が白《しら》み始める時刻だ。

何も彼《か》も新しい神まつりの日は、心身ともに画然とした区切りをもたらした。前年に何があったとしても、それを忘れて新しく出発する。その原点が元旦ということになる。

初詣《はつもうで》、初日の出、初笑い、初雀《はつすずめ》等々。初をつければ世界がよみがえる。穀物を盗むネズミさえ嫁が君といいかえて、めでたさの中に引きずりこむ。

もちろん私たちは今もこの伝統の中に生きている。年末ともなれば父祖の住む地を目ざして、人は一斉に移動を開始する。

帰る地があるということは、都市をめざす人口の移転が始まったのが、せいぜい三、四十年ほどのできごとであることを表している。

現在の私たちは日常性に埋没《まいぼつ》して、メリハリのある生活の場を失った。厳《おごそ》かな神の前での誓いは、何も新婚夫婦だけのものではない。忙しい忙しいを理由に、精神のバネさえも活力を喪失しているような気がしてならない。

二月　震災の余波の中で

くくっと強い力で引き寄せられた時、書斎で寝ていた私は、もう半分目をさましてうとうとしていた。一月十七日（火曜日）。その日で今年度の授業は終わる。翌週からは卒業論文の評価や期末テスト、つづいて入学試験などがびっしり日程表を埋めていた。一年間のまとめとして、それぞれどんな形で授業をしめくくろうか。夜明けの薄明が訪れるには、まだ少しばかり早い。その時、押しつける強さがくくっときたのだ。

同時に本が降ってきた。狭いマンションの書斎には、天井近くに棚を設け、日ごろあまり出番のない事典類や厚い全集の類《たぐい》を並べている。それらの固くて重い本がドカドカと降りかかってきた。一冊が首のつけねに当たった私は、その時になって、やっと「くくっ」が地震の波動だったことに気がついた。十二階建ておよそ百戸のマンションが、何か途方もない力に引きずり回されていた。

棚の上から本がばらばらと落下してくるのは分かったが、立ち上がることはできなかった。本につづいて書架が倒れてきた。最も背の高い本棚が初めに倒れてきたのは幸運だった。

本棚は橋を架けた形になった。窓のある西側を除いた三方から、本が殺到した。

えらいことになった、と私はのんびり考えていた。このまま火でも出せば、ひどいことになる。本棚の下の三角点の中で、私は何度も脱出を試みつづけた。しかし布団の端がしっかり押さえつけられていて、動けなかった。電気は消えていた。

十一階の窓から見える外の光景は、めだって暗かった。一冊一冊をはねのけて、やっと出口を探し出した。奇跡的に難を免《まぬか》れたことになる。小さな打撲が三カ所。すり傷が一カ所。そのころになって、あたりに夜明けが来ていることに気がついた。

知る限りでは、この強烈な揺れは、途方もなく巨《おお》きなものだった。つづいて襲来した揺り返しも並の強さではなかった。この日、たまたま長女が泊まっていた。流感に冒《おか》されたので一人寝ていた。

顔の二十センチ横にタンスが落ちてきたという。つづいて食器棚が倒壊した。娘は無事、二人の孫もことなきを得た。食器は三分の一ほども壊れた。掃《は》いても掃いてもガラス片が残った。

時が移るにつれて、この朝の地震が並大抵でないことが分かってきた。隣家の主婦はタンスの下敷《したじ》きになったが助け出された。二百メートルの距離に住む十一階の男性は、やはりタンスの下敷きとなって一命を喪《うしな》った。

神戸のあの惨状《さんじょう》を画面で見る限り、自然の強烈な圧倒的威力を思わないわけにはいかない。震源地から何十キロも離れた大阪にいてさえこの恐怖だ。私が取り組もうとする文学の主題を「祈り」とすることに決めた重さを、あらためて噛《か》みしめている。

三月　祈りの世紀

前回、「震災の余波の中で」の結びに、「私が取り組もうとする文学の主題を『祈り』とすることに決めた重さを、あらためて噛《か》みしめている」と記した。これは多少、唐突《とうとつ》な感が伴うのでつけ加える。

話は十数年をさかのぼる。

そのころ私は長編『新十津川物語』の取材にとりかかっていた。明治二十二年八月、奈良県吉野の秘境・十津川郷は、未曾有《みぞう》の集中豪雨に襲われる。

大小の山崩れは八千カ所を超え、土砂が谷を埋めて発生した泥湖《でいこ》は三十七。死者百六十八人。約四分の一の六百家族、二千六百人が生活の場を喪《うしな》った。最大の泥湖は堰堤《えんてい》の高さ八〇メートル、周囲は二四キロにも達した。

惨状《さんじょう》は今度の阪神大震災に勝るとも劣らない、すさまじいものだった。かたちこそちがえ、自然の圧倒的威力の前に無力なのは全く同じだった。

物語は一年に一冊の割で十冊、別にノンフィクション一冊、合計四千枚の作品として出版された。九歳で北海道へ渡った津田フキが、八十歳になるまでの七十年にふみこんだ小説である。

この長編をNHKが放映することに決まった時、モデルとなった北海道新十津川町も、母村の十津川村も、挙げて協力態勢をしいた。斎藤由貴が演じるフキは、好評だった。だが、原作者としての私は不満だった。

人間と自然との解釈がちがうのである。ちぢめていえば「自然は豊かだが厳しいし、人間はたくましい」とでもなるだろうか。

ところが、ドラマでのヒロイン、フキは「お天道《てんとう》さんにフクシュウしてやる」「太陽や風に仇《あだ》うちをする」ために戦うという展開になっていく。洪水や夜盗虫《やとうちゅう》に対する戦いというのなら分かる。だが、太陽や風を相手にするに及んでは、ちょっとちがうのである。人がそれほどゴーマンでは困るのだ。物語の終わりで、フキは知らずしらず水田の中にひざまずいて祈った。洪水の中で、そうするしかないほど、人間は無力でもあった。祈りは自然の中に生を受けた人間の、元のかたちかと思われる。

二十世紀は戦いの世紀だった。二つの大戦争も含めて、憎しみが渦《うず》まいた。また、豊かさを求めて自然を征服しつづけた。いや、支配して奪いつづけた。

二十一世紀は反転して、祈りの世紀でなければならないと思う。戦う相手は遠くにいる敵ではなく、自らの内にある、果てもない欲望ということになる。

五千数百人もの亡くなられた方々に謹《つつし》んで哀悼《あいとう》の意を表すとともに、残されたご家族の健闘を念じてやみません。

四月

ああ、春がゆく

日常生活の歩みが、近ごろとみに速くなった気がしてならない。追いたてられるような何とはない不安な日常。

日足が短くて、ふと気がつくと、もう足もとが暗かった年末のころは、六時ともなるとすっかり夜だった。早く冬至《とうじ》をくぐりぬけたいと念じていたというのに、昼夜の時間が逆転して、いつの間にか彼岸を越えた。ああ、春がゆく、という想《おも》いが強い。

一、二、三月のこの時期、あわただしかったのは、昔も今も同じらしい。だが、たとえあわただしいのは同じでも、四季の移り変わりをいそいそと迎え、惜しみながら送る感覚は、時間に彩りがある。華《はな》やぎが添う。

俳諧《はいかい》の世界でも、惜春《せきしゅん》、四月尽《じん》といった季語の中に、人間の営みを自然のそれと重ね合わせていた。過ぎゆく季節に愛情が伴う。

現代はどうか。何かに追いたてられ、せかされるようなスケジュールをどうにかこうにか消化していくだけの日々。人はひたすらうつむいて、せかせかと暮らす。そして、ふと顔を上げれば、すでに花の季《とき》は過ぎようとしている。

一月は何をしたろう。二月は、三月は、と手帳を繰ってみる。どのページもぎっしりと予定がつまっていて、それなりのしごとをしているのだが、充実感がない。

日常性にメリ、ハリが失《う》せているのだ。私なども時間に緩急をつけることが下手《へた》になった。徹夜してしごとに夢中になっても、翌日は爽《さわ》やかだった若いころに比べて、無理がきかなくなった。眠い、眠い。

よく日本の豊かさが話題になっているが、そのことを実感している人は意外に少ないのではないだろうか。働く主婦が増えた。休日も増えた。けれども多くの家庭には、ローンの支払いがある。稼ぎは右から左へ消え失せる。いや、銀行を素通りするだけで消えていく。

わが家でも妻の名義で八十三歳まで支払いがあるために、それまで死ぬわけにはいかないと強がっている。近ごろ老人がかくしゃくとしているのは、案外こんなところに遠因があるのかもしれぬ。

それかあらぬか、気楽な集まりに出ると、ヨイショと声に出しながら席に着く人が増えた。まだ四十歳の壮年までが、ヨイショといって座る。ヨッコショとか、ヨッショとかいう女性もいる。

ほとんど無意識に掛け声をかけて座りこむというのは、休息に来たという思いがあるのだろうか。

『ヨイショクラブ』を創《つく》るとすれば、定員突破はまたたく間のことだろうと思いながら、三カ月もの間、空の変化、地の彩りに気がつかなかったあわただしさに、ふと首の辺りが寒くなる。

五月

半世紀むかしのこと

私が子どもだった時代は、山野を走り、小動物に罠《わな》をしかけ、谷川で遊んだ。思い出はどの季節にもつながるが、やはり春を待ちかねた。ひとつには雪や霜《しも》に凍《こご》えるのがつらかったせいだ。冬は今よりも何倍か寒くて、しかもゴム長靴などは手に入らない時代になっていた。五十余年前、日本は勝ちめのない戦争に突入していた。

私の場合、小学校（当時は国民学校）の四年生で太平洋戦争が始まり、中学二年生で終わった。五十年むかしの敗戦の日、十四歳だったということになる。

工場動員こそなかったものの、「銃後の小国民」は援農（農家の手伝い）や壕《ごう》を掘る手伝いに動員され、勉強らしい勉強はほとんどさせてもらえなかった。戦争が終わったことでほっとしたのは、これで殴《なぐ》られなくてすむという安堵《あんど》感からであった。教師も上級生も何かといえば、びんた雨あられと猛《たけ》り立つのである。

英語教師のTは、暗誦《あんしょう》してこなかったといって私を立たせると、平手でほおをはたいた。「田植えが何じゃ、宿題をやる気なら、眠らんでもやれる。親父《おやじ》が聞いたら泣くぞ」

父は応召《おうしょう》されて家にはいなかったが、Tとは知り合いらしかった。私は奥歯を噛《か》みしめながら耐えつづけた。昨日は近所の人に手伝ってもらうほどの大田植えで、本を開く暇《いとま》などまるでなかった。

六つ、七つ、と私はかぞえつづけた。Tは次第に憎しみをつのらせて、往復びんたをつづける。十一、十二……十三をかぞえたまでは覚えている。私は失神して椅子《いす》に落ちた。

そのころ、中学校には大勢の縁故疎開生が来ていた。別に小学校では集団疎開生を受け入れていた。当時の子どもたちに材を借りて、昨年（平成六年）、私は『天の太鼓』（文溪堂）という本を出版した。

集団疎開で田舎にやって来た物語はいくつかあるけれども、受け入れた方からの作品は見あたらない。そこは死角になっていた。

書きながら私は、意外に当時のことを覚えていることに気がついた。やたら皮の厚いテツカブトというスイカがあった。重いだけでさっぱり甘くない巨大な甘藷《かんしょ》（＝さつまいも）は、イモの名前にはふつりあいなゴコクという名前をもらっていたような気がする。護国とでも書くのだろうか。

空襲を逃《のが》れてやって来た都会の子どもたちと、それを迎えた村の子どもたちの間に、淡い友情のようなものも生まれた。あの子どもたちはどうしているだろう。

半世紀は茫々《ぼうぼう》と私たちの上を流れ去ったが、愚《おろ》かにも世界はそこここで、五十年前と同じことをくりかえしている。そして、今年の春は五月を前にするに至っても、なおうそうそと寒さがつづいている。

六月　ひとむかし、ふたむかし…

昨年（平成六年）暮れ、『天の太鼓』（文溪堂）という本を出版したが、第十九回日本児童文芸家協会賞を受けることになって、過日、東京でその授賞式があった。華やかな席でいくつかの花束を受け、祝辞をいただく間、私はぼんやりとほかのことを考えていた。

十年ひとむかしという呼び方にならえば、今年はむかしの上に指を何本折ればよいだろうということである。

吉野の童話作家、故花岡大学《はなおかだいがく》氏らと共に「奈良児童文化」という同人雑誌を発行したのが一九五九年、処女出版が一九六八年、『山へいく牛』で野間《のま》児童文芸賞を受けたのが一九七八年、原稿用紙四千枚をかぞえる『新十津川物語』を書き終えたのが一九八八年、とかぞえていくと、ほぼ十年がひときざみの区切りをつけていることに気づく。ひとむかし、ふたむかし、みむかし半ということにでもなるだろうか。

奈良県の片田舎に住んで、作家を夢みていた若者にとって、中央に何の伝手《つて》もなかった。東京ははるかに遠い。

学校を出て、そのまま小学校の教員になったばかりだから、見るもの聞くもの珍しいばかりの私は、作文教育に熱中していた。小説は気まぐれに書きだしては中断し、思い出してはペンをとった。あれは童話に関心を持ちだす直前のころだったろうか。

大手出版K社の重役が熱心な天理教信者で、おぢばに来《こ》られるが会ってみないかと声をかけられ、わらにもすがる思いで出かけて行った。

到着は午後も早い時間ということだった。お参りをすませると、私は詰所の一隅でつくねんと待った。

ところが待てど暮らせど、一向に姿を現さない。重役はほかに二、三人と一緒に見えるはずだというから、中止になったのであれば連絡があるだろう。東京は発《た》ったはずだ。

ついに日が暮れた。

そのうちに、そのうちにとなおも待ちつづけていると、とうとうお着きになったという連絡がはいった。「だが」と、使いの若者は気の毒そうにいうのだ。

「何でも途中で食べた弁当のサバか何かの中毒で、ひどい上げ下《くだ》し。三人ともすぐに病院へ直行しました。今日《きょう》のところはお目にかかれないと思います」

それから約二時間をかけて私は家に帰った。深夜の道はみじめで、寒かったのを思い出す。後で聞けば、重役は重役でも、土地や建物を扱う不動産部門の担当だったという。出版とは何のかかわりもなかったのだ。

売れない原稿を読んでもらおうとして東京を歩き回り、靴のかかとを血で染めて帰ったこともあった。

華《はな》やぎの席に、落ちつかなく座りながら、私のみむかし半の人生は、出会う人、支えてくれる人たちに助けられた有り難い道のりだったことを、あらためて思い返していた。

七月　ご縁があって

今夏もまた北海道にいる。『新十津川物語』を書いて以来、おつきあいができ、一年に二、三回足を運ぶようになった。時間にゆとりができたので、この度は道北《どうほく》の名寄《なよろ》の近くまで足をのばすことにした。そこにKという作家が住んでいる。

Kは二十年以上も前からの友人で、初め札幌で役所勤めをしていた。能吏《のうり》だったが、その後、大学で教えることに興味をもって、稚内《わっかない》に移った。

ところが三、四年たったころ、辞めたという便りをもらった。筆一本の暮らしに賭《か》けたのだ。ほどなく内陸部の平野のはしに家を建てたという。これは表敬訪問をしなければなるまい。

水田地帯が尽きる所から、樹林の丘が行く手を防ぐ。そこを潜《くぐ》りぬけるように、新緑の林に車を入れてほどなく、木造の新しい家があった。

Kは元気そうだった。樹林の中の家は、遠慮がちに林の一隅を借りて、そっと身を寄せているように見える。白樺《しらかば》の根方にチャボをはじめ五、六羽の鶏《にわとり》がのび上がってこちらを見ていると思ったら、横に番犬が横たわっていた。以前は三頭のポニー種の馬もいたが、手がまわらなくて、はなしたという。

かすかな水音がした。道に沿って細い流れがフキの葉の陰をはしっていた。板一枚の橋をふみこえると、野菜畑になっている。畑は一ヘクタールもありそうな牧草地につながり、ゆるやかな丘の斜面に立つ五、六本のニレの大木が風に吹かれている。丘の向こうからローラが駆けおりて来るような気がした。ローラとは、もちろん「大草原の小さな家」のヒロインである。

米は三分《ぶ》づきのほろほろするご飯だが、噛《か》みしめていると甘いし、とりたての野菜に牛乳の豆腐。Kが釣ってきたヤマメや野菜の揚げもの、おひたし。新鮮なタコやツブ貝は奥さんの実家から届いたものだという。いきおい酒もすすんだ。

翌朝はからりと晴れた。

槐《えんじゅ》や白樺やヤチダモの新緑が重なって、オオイタドリだのフキだのが樹間を埋める林に足を入れると、緑色深沈《しんちん》とした空気が毛穴から染《し》みこむ。カッコウが鳴く、ヤマバトが鳴く。

しばらくすると、隣町で歯科医を営む若い奥さんが車をつけた。拙作《せっさく》を読んで一度会いたいと思っていたという。Kの新居を訪ねるのは、やはり初めてらしかった。驚いたことに、『天理時報』のこのエッセーを愛読しているという。この世の同時代に生を受けて、何ごともないかのように行き交《か》う中にも、ご縁があるといわねばなるまい。

鶏小屋のあっちには狐《きつね》の家族、こっちからはどうやらイタチが鶏をねらっているらしいと、Kは大笑した。私たちも笑った。ご縁は広い。

八月　血沈のこと

小学校四年生の昭和十六年の十二月、太平洋戦争が始まった。翌年の春、私は初めて血沈《けっちん》というものを受けた。肺にくもりがあるという何人かといっしょに、先生に連れられておよそ二キロの道を、町の小学校まで歩いた。

広々とした講堂で、郡内から集められた結核と疑わしい子どもたちは、順に採血される。血は試験管に移されてずらりと並べられた。血漿《けっしょう》の沈む速さを調べるのだという。時々見に行くと、管の中に血漿の長い短いが現れてくるのが分かった。どれが誰《だれ》の血か分からないままに落ちつかなかった。

やがて雨が降りだした。節電のために灯《あかり》を消した暗い講堂で座っていると、何とはなく、不吉な未来を予感した。血を採《と》られて調べられるケッチンの漠《ばく》たる不安が、どっぷりと全身を浸《ひた》した。これは、やっぱり死ぬ、と思った。それも十九歳で死ぬ。なぜ十九歳と感じたのか分からないが、二十歳で徴兵《ちょうへい》検査がある。それまで生きておれないだろうという予感が、以前から私の中でくすぶっていたのだ。

当時、肺病は死病だった。

帰り道、雨の中を歩きだすと、たちまちわらぞうりの緒《お》が切れた。わらは水に弱いのである。小石むきだしの坂道をはだしで歩いた。先生はじめ、みんなずぶぬれだった。

私は農家の長男に生まれたので、ゆくゆくは百姓と決め、中学は行かずに、高等科へ進むつもりだった。

その日、私たちは血沈のための血をぬかれ、レントゲン写真を撮り直した。

結果は一週間で分かるらしいことを報告すると、父は「ふーん」とうなった。

「肝油《かんゆ》のんどるか」

嚙《か》むと魚の臭《にお》いが広がる半透明のゼリー状の薬を思い出しながら、私は空元《から》気を出して力強くうなずいてみせた。肝油さえのんでおれば大丈夫とでも考えていたのか、それきり父は何もいわなかった。

レントゲン撮影は何歳になっても、毎年同じ絵を写し出し、父はそのたびに「ふーん」と息子の報告を聞いた。案じていたのだろうが口には出さなかった。

六年生の終わり近く、にわかに進学することに変更したのは、今にして思えば他愛もないことが原因だった。Y子が女学校へ進むと聞いたからである。色白のかわいい子だった。

並んで習字が張り出されたりすると、どきどきした。高等科を選べば顔が見られない。よし中学を受けてみよう。

男女共学のそのクラスから、中学は七人受けて四人が合格、女学校は六人受けて三人が通った。

死の予感は戦争が激しくなるにつれて濃くなったが、私は生きのびた。敗戦は中学二年生の夏だった。

還暦をこえたというのに、私はまだ十九歳で命果てるという幻影におびえることがある。血沈の日と同じように、生きることの不安が漂《ただよ》いだすのだ。

九月　三人の若者

いま、野茂英雄《のもひでお》、イチロー、羽生善治《はぶよしはる》の三人の若者がまばゆい。説明するまでもなく、野茂はアメリカの大リーグでにわかに時の人となり、イチローはオリックスを優勝に導く斬《き》りこみ隊長の役を果たす。

羽生は将棋界のタイトルをほとんど独占し、賞金だけでも莫大《ばくだい》な額になることだろう。三人は共に二十歳代。

野球や将棋の愛好者だけでなく、ちょっとイチローを見にと、片道二時間を費《つい》やして野球場まで出かけた知人がいる。野茂の快刀乱麻《かいとうらんま》の投球を見ようとして、中継に合わせてしごとを調整している人も知っている。何が魅《み》せるのか。スポーツに限らず、勝負の世界では、悲愴《ひそう》感を背景にスターが生まれ、消える。人間性を閉ざし、ひたすらトレーニングに励む姿は感動的でさえある。だが、話題の三人は、そういうナニワ節的な汗と涙でぬりこめた英雄（ヒーロー）たちでないのが特徴だ。

与えられたしごとをやりおえて、けろりとしているところが何とも爽《さわ》やかなのである。湿度の低い、乾《かわ》いた感性が人間的で、親近感を抱《いだ》かせる。

もう十数年も前になるだろうか。夜ともなると町を飲み歩いていたことがある。行く先々で演歌を聞かされた。歌えない私は知らずしらず詞の評価をしていた。あまりのひどさに歌詞を覚えさせられたものもあった。

陰々滅々《いんいんめつめつ》（悲しさを紛《まぎ》らわそう）として（この酒を）飲み、（夜の酒場で一人泣く）式の女性哀話《あいわ》が水っぽさの典型だろう。

私はぶつぶつと文句を並べたてる。もちろん声に出して評したりすることは

ない。私自身はどこかでこの水っぽい叙情と共鳴している。それでも、

――誰《だれ》が名づけた夢追い酒だと。誰も知らないよ、名づけ役はお前さんじゃないのかい。

――みんなあげて尽くしたその果てに……。一度くれてやった物に未練を残すなって。

　そういう類《たぐい》の自問自答をしていた。

　演歌は女性の悲恋を、男性歌手が演じる場合が多いのだが、詞の水っぽさが甘ったるい曲にのると、この国の精神風土に合うのかの如《ごと》く違和感が消えた。もちろん優れた詞もあった。しかし大なり小なり湿った語感、叙情は共通していた。

　こういう日本語文化圏の中で、初めにあげた三人に限らず、現代の若者たちが乾いた感性のもとに、すばらしいしごとをしていることを快いと思う。

　どれほどの才能を持つ人でも、トレーニングなしでは萎《な》える。人知れず日夜

の鍛錬が必要なことはいうまでもないが、その苦しさの過程は見せず、大事をやりとげて威張らずおごらず、涼やかにそこにいるのがうれしいのである。

十月　心にも薬を

　半年ほど前から眼《め》を病んでいる。急に右眼の視力が落ちて、何だか不安定に見える。直線がカーブする。検査の結果、中心性網膜炎《もうまくえん》ということでレーザー光線で処置してもらった。

　ところが一向に好転しない。次に行くと別の医者が、これはそう単純な病気ではないかもしれないという。

「何度も灼《や》くと、その場所が傷になって残ることもあるしねえ」

　大阪の大病院の眼科だから、医者は六人も七人もいて、意見がちがうらしいのである。検討する気配もない。初めの医者は「私の診《み》たのは右だけだよ。左は知らない」と、とりつく島もない。病名はもちろん、説明は一切なし。

そのうちに左の映像も何だかおかしくなりだした。テレビの画像も輪郭《りんかく》がぼやけて不鮮明になりだした。視力も落ちた。

もの書きは目と手で飯を食っているようなものだから、あわてた。口伝えに名医がいると聞き、別の病院を訪ねた。蛍光染料を注射しながら写真を撮るのは、前と同じ。こちらは左の眼も検査した。

「角膜に傷があります。何によるものかよく分からないので、しばらく薬を飲んでください」

いわれた通り服薬しだすと二日めに胃が鈍《にぶ》くもたれ、三日めになるとなお重くなった。薬が胃をいためつけているのだ。一回分三種五個のうち、紅と黄色の毒々しいカプセルが犯人かと思っていたが、小粒の方だった。次回から二粒が一粒に減った。「胃潰瘍《かいよう》になればなったで処置のしかたがあります」と、評判の名医はカルテを内科に回した。

「分かりました」と若い医者がいった。「バリュームを飲むか、胃カメラで調べてみます」

ちょっとちょっと――私はあわてた。

「胸のつかえは治まっています」

「しかし胃潰瘍は、にわかに吐血《とけつ》しますよ」

私は胃カメラに苦い経験があった。できることなら検査は辞退したかった。内科医は不承不承、三種類の胃薬をくれた。帰宅後、指示された通り飲んだのに、あぶら汗がにじみだし、私は薬のかたまりを吐《は》いた。

新しい病院に替わってから視力は多少回復している。ここまで来れば、つっけんどんで知られたO医師に頼るしかないのだが、見えなくなるのではないかという不安と同時に、こうして人は病んでゆき、心の張りを失っていくのかと考えると、ふっと、うそ寒い。

忙しいのは分かる。患者に埋没して休む暇もないことだろう。けれども病む者一人一人はおずおずと不安に目を伏せて訪れて行く。専門家ではないから難しいことは理解できない。

薬に添えて、ひとこと患者の心にも投薬してほしいものである。病状の分析でも、見通しでも、薬の成分でもよい。それさえも過ぎた願望だろうか。

十一月　隠れ家の犬

　プードルという小型犬を飼いだしたのは、大阪のマンションを隠れ家《が》として使うようになってからだ。アルセーヌ・ルパンさながら都会の片隅に埋没してしまうのもおもしろそうだし、もちろん実利の面もある。私は毎週三日は大学へ出ていたので、中継地点としても都合がよかった。往復五時間もかけて通勤するのは楽じゃない。

　しかし、ペットを飼いたいと強く主張したのは妻の方だった。マンションの一室はコンクリートの箱のようで、夜など一人でいる時は心細いという。

犬は嫌いではない。が、朝夕の散歩があるので旅行まではいかなくても、ひとりぼっちにはできない。田舎にいる時も、妻や子どもが「そういう迷惑は一切かけない」という約束で、番犬として中型犬を飼ったことがある。しかし誓いのことばというのは破られるためにあるようなもので、家事や宿題のない私が、眠い目をこすりながらお供《とも》するはめになった。

鶏《にわとり》と同様にしらしらと明けだす時間、隣近所に気がねもなく、哀《あわ》れっぽい声で催促されると、起きだすしかなかった。

プードルは室内犬だし、散歩や用便の迷惑はかけないつもりだと低姿勢に請《こ》われて、しぶしぶうなずいた。

三年たち五年たつうちに、わが家のプーはすっかり家族としての位置を手に入れ、生来の役割にめざめたらしかった。やたら闘争心をかきたてるのである。

来客に向かって吠《ほ》える。帰ろうとして立ち上がると吠える。廊下に足音がすると、狂ったようにドアに突進する。あまりのことにけとばしてやったら、何と足に咬《か》みついてきた。血がにじんだ。

食事時には公然とテーブルにつく。自分の皿がない時など、恨《うら》みをこめて食い物よこせの主張をながながとうたいあげる。それでも相手になってもらえない時は、指示もないのに「お座り」「お手」「反省」と、持てる限りの芸を披露して上目づかいに人間どもの反応を探る。反省とは床に伏せることを指す。

朝ともなれば、この犬も枕《まくら》もとに来て全身を震わせ、あくびをしてみせ、せかせかと歩き回る。あげくの果ては主人に向かって短く吠えたてるのだ。『さ、行こう』

初めのしつけが悪かった。要《よう》はしかることができず、「犬は吠えるのがしごと」とかばうものだから、ますます横着《おうちゃく》になって、エレベーターの中で「ま、かわいい」となでようとした主婦に咬みついた。

あわや保健所へ行かねばならぬ運命をやっと免《まぬか》れたというのに、足音が近づくだけでまっしぐらにドアに向かって走りだす。このごろ、その凄《すさ》まじさが多少怖くなりだした。横から見ると犬の目は何の感情も映していなくて、体型は小ぶりでも油断ならぬ光をたたえている。そういえばルパンの隠れ家に犬はいなかったか。

十二月　温かい誤差

銀杏《ぎんなん》の実が落ちる季節が来て、行きつけの居酒屋でも茶碗《ちゃわん》むしのメニューが加わった。今年も舗道に落ちこぼれた小さな果肉を足で踏みつけて、拾い集める人の姿を見かけた。手で果肉を外すには強く臭《にお》うのである。

実は煎《い》って食べる。酒のつまみには絶好。

笛にもなった。固い殻の先端を砥石《といし》でこすって穴をあけ、つまようじで中身をえぐり出して空洞にした銀杏の笛は、鋭い音をたてた。

秋はもう草笛の季節ではないものの、私の生家のように大屋根全体を麦わらで覆《おお》った家では、その一本をひきぬいて細い割れめを入れれば、それがもう音を放つことを知っていた。

だが、これぱかりは麦わらが手の届く所にない昨今、説明が難しい。そしてまた、たとえ理解できたとしても「ふーん、それがどうした」と問われると、「いや、たいしたことでもないけど……」と口ごもるしかない。

何でもない小さな発見が熱くさせるのである。発見することの誇らしさは、大人社会の経済効率や外見とは別の、溢《あふ》れる愉悦《ゆえつ》ともいうべき興奮であった。

もっともある年の夏、足台をして屋根の麦わらをひきぬいてストローにしたり、大きなアブの尻《しり》につきさして中空に放ったりしているところを見つかって、大目玉をくってからは止《や》めたものだが。

屋根がなくなっては困るからだ。

子どもが成長していく過程では、大なり小なり大人との戦いになる。ことばの問題でもそうである。発見とはいえないにしても、言葉を獲得していくプロセスでは、誤差の修正がつきまとう。大人はその面でも新しい視座をつきつけられていることに気づく。誤差は温かい。

わが家の三歳の孫娘が、食事の後で、

「皆さーん、チュのつくことばをいいなさい」

というので、大人どもはチューリップだの、チューインガムだのと答えたが、彼女はブーと首を横にふるばかり。

「今さっき食べたばかりでしょう。正解はチュウリでした」

皿にはキュウリが一切れ食べ残してあった。

大人たちは意味が分かると、こけて笑った。

あまりおもしろいので母親が新聞に投稿したら掲載され、テレホンカードが送られてきた。これにはなおつづきがある。

三週間ほどたって、同じ新聞に宮城県の六十歳になる男性の投書が載《の》った。

大意は

――先日のキュウリの件、おもしろく拝見しました。しかしわたしたちの所ではキュウリのことをチュウリといいます。三歳のお子さんによろしくお伝え下さい。

第三章 土

〈平成九年〉

一月　注連飾り

正月が近づくと、注連《しめ》飾り用のシダを採《と》りに山中へ行くのが、子どもたちのしごとになっていた。上級生が近所のガキどもを引き連れて山へ入る。

一戸分は五〇枚もあればお釣りがくるのだが、誰《だれ》も彼もその二倍ほども折り取って、ゆさゆさと持ち帰ったものだ。

村里に近い尾根でもシダは手にはいる。しかしそれは小ぶりで黄ばんでいた。黒々と大きいシダを採るためには、山中深くふみこまねばならない。

村の北西部に目的の地があった。半《なか》ば探検ごっこのつもりもあって、私たちは深い谷を越え、毎年その場所に出向く。

戦争が激しくなっていた。私は中学一年生で、毎日山中に横穴を掘っていた。正確には穴を掘る兵士たちの助手をしていた。赤土を二人一組となって、モッコで運び出すのである。

谷間を要塞《ようさい》化して、紀ノ川沿いに攻め上って来るアメリカ兵を迎え撃《う》つための防衛工事が着々と進んでいた。武器弾薬をつめた何百とも知れない横穴。それを上まわる狙撃《そげき》兵のためのタコツボ。高原では小さな飛行場まで造っていた。私たちは勉強などそっちのけで、土を運びローラーを引いた。

そのうちに歳《とし》の終わりがきた。

例によって、六、七人の幼い子どもたちを連れて、私はシダを採るために山中に入った。松風が強い日だった。谷を渡り斜面のけもの道を行くと、不意に兵隊さんが現れた。憲兵の腕章をつけていた。

「駄目《だめ》だ、立札《たてふだ》を見なかったか」

と、憲兵は尖《とが》った狐《きつね》の顔をしていった。

「立ち入り禁止地区だ。帰れ」

なるほど、いわれてみれば土を運び出しに来た横穴は、この尾根の向こう側にあたる。私たちはワッと逃げた。あれは狐が化けた憲兵にちがいない。

五〇年が過ぎた。

新しい造成地に中学校ができることになり、私は校歌の作詞を頼まれて、現地へ行ってみた。その日も広くなった空の下を、颯々《さつさつ》と風が渡っていた。

そして、私はやっと気がついたのだ。足の下にある造成地はそのむかし、注連飾りのシダを求めてふみこんだ深い渓谷《けいこく》にちがいなかった。おびただしい武器弾薬を隠した谷間だった。狐の顔の憲兵はどうしたことであろう。

広々と山を削った大量の土砂は、戦いの谷をみごとに埋め尽くし、押し固めた。新しい学校はその上に立つ。

今年の正月は思い出深い注連縄でそれぞれの戸口を飾り、車を飾り、シダを鏡もちの下に敷《し》こう。少年時代に還《かえ》って、神々しくぬぐわれた新年の朝を迎えよう。

一月　注連飾り

第三章　十（平成九年）

二月　日の丸のことなど

半世紀ほど前、私が子どもだったころの冬は、もっと寒かったという印象が強い。日本はほとんど世界中を相手に戦っていた。狂気の時代だった。

一年一年、物がなくなり、元気で送り出したはずの青年が、寂しいひとかけらの骨片になって帰って来る。何カ月か前、歌と小旗で送り出したはずの兵士が、白木の箱の骨となって戻って来る怖さはいいようもない。

勝って来るぞと勇ましく
誓って国を出たからにゃ

てがら立てずに帰らりょか

――

てがらとは人を殺すこと、と軍歌は教えていた。

出征《しゅっせい》兵士を見送る沿道では、日の丸の小旗をしっかり握りしめた〝銃後〟の子どもたちが、シャリシャリと旗を鳴らして並ぶ。

日の丸の小旗は、子どもたちの手作業だった。

作り方は簡単で、半紙を広げておいてその上に飯茶碗《めしぢゃわん》を伏せる。縁《ふち》をなぞって、円の中を赤くぬりつぶす。乾《かわ》くのを待ち、細いシノダケの柄《え》をのりづけしてできあがる。

明日は小旗持参のことと先生に告げられると、翌朝、何人かの若者が戦場へ送られて行った。同じ日、日の丸弁当を持って行く。

冬が寒いと感じるのは、物が不足しているせいもあったろう。はかなくなってしまう命の短かさに、暗然と震えていたことも否《いな》めない。

しかしそれらを差し引いても、冬は厳しかった。よく吹雪《ふぶ》き、よく積もった。大雪の朝、わが家では何を履《は》いて登校するかが大問題だった。いたずら盛りの男児が二人いた。

傷《いた》みがひどくて床下にほうりこまれていた大人用の破れ長靴に、わらしべをつめこみ、そろそろと登校したのを覚えている。まちがえて水溜《みずた》まりにでもふみこめば、代わりがないだけに、その日は学校を諦《あきら》めるしかなかった。大人用だから破れ長靴は子どもの股《また》まであったし、敷《し》きわらの内部は異常に広くて、走るとつんのめった。

教室の中ではストーブを焚《た》いていた。早く着いた者からハンカチを解いて、裸にしたアルミニュームの弁当箱を、温まりやすい側の金網におく。上等席があるのだ。

やがて昼が近づくと、さまざまなおかずの匂《にお》いが教室中に溢《あふ》れだす。最も強烈なのはたくあんの匂いだった。ほとんど全員の弁当箱に、みそだの漬け物だのがはいっていた。

ご飯のまんなかに梅干し一個をおく日の丸弁当の回数が増えると、梅干しの当たる蓋《ふた》の中央は、酸に侵《おか》されて穴があく。穴が大きいほど倹約の国是に合っているという意味で自慢でもあった。

「欲しがりません勝つまでは」というスローガンの下に、一足の長靴を持てなかったかつての子どもたちにとって、この冬の寒さなどは「目じゃない」とでもいうべきか。

三月　天の馬車が駆けるころ

北国では一斉に花咲く季節が近づいて、寒の戻りも、明るい春の兆《きざ》しと感じている――そんな便りが届く。花は佳《よ》い。

小宅の自慢は狭い庭の一角に三十年余を経た白木蓮《はくもくれん》の一株。新築した祝いに友人から贈られた記憶があるものの、誰《だれ》であったかは思い出せない。その程度の若い苗木だった。

北国ではコブシの花に、マンサクの異名がある。花々にさきがけて〈まず咲く〉の意。この語感が、ほのかに春の大地を想《おも》わせ、豊かな季節の豊饒《ほうじょう》と重ね合わさって、好《この》もしいのは豊年満作のマンサクとダブるせいもあるだろう。

ところが山形県だったか秋田県だったかでは、福寿草のことをマンサクと呼ぶらしい。南面する土手の陰で、雪の間からおずおずと顔を出す黄色い花を、マンサクと呼ぶ感覚は雪国のものだ。こちらの名称も春の喜びに打ち震える緊張感が、好もしい。

さて、白木蓮。

一月には枝々の先端に小さな紡錘《ぼうすい》形の蕾《つぼみ》をつける。二月には鈍《にぶ》い陽光の下で銃丸《じゅうがん》のような緊張感を膨《ふく》らませるが、そのさりげない殺意は三月にはいると急速に露骨《ろこつ》になっている。

四辺はまだ冬。花といえば白梅が小さな雪片をちらつかせ、桃の花の赤さもまだ幼い。そういう山地の焦《い》らだちの中で、木蓮はひたすら外光の温気に曝《さら》されている。曝されながら待つのは、天の馬車が駆ける日も遠くないことを感じているからだ。

ある日、突如として天地を揺るがせて、盆地の空に轟音《ごうおん》がとどろく。昼のこともあるが夜更《よふ》け払暁《ふつぎょう》、時刻は特定しない。春の馬車が駆けぬける音だ。

そのころ、ふと満ち足りた思いを畳《たた》みこみかねたという風情で、木蓮が弾《はじ》ける。初めのころ、開花するのは最も天に近いてっぺんからだと思いこんでいたが、あながちそうでもなく、中ごろの蕾が一番早い歳《とし》もあった。

数百の灯《ひ》が一斉に点灯する潔《いさぎよ》さは、野の燭台《しょくだい》と私は認めた。二階の高さをしのいで、それぞれの枝の先端に白い灯をともした白木蓮は豪華の一語に尽きる。くりかえすが、あたりにまだ花らしい花がない時期、新緑にはほど遠い三月下旬、天に捧《ささ》げる燭台は二、三日の間に咲きそろう。

もし植物のオーケストラがあれば白木蓮はどんな楽器にたとえればよいだろう。小宅の周辺は音楽に満ちているにちがいない。

やがて一週間近く過ぎると、白い花はいたましくも日々強烈になる陽光に焦《こ》げて、汚《きたな》く地上に枯れる。枝にからんで茶色い残骸《ざんがい》をさらす花弁もある。

その後は足どりも確かに春は賑々《にぎにぎ》しく村々町々へ入りこんでくる。去年は三月二十五日に初めの一輪が開花した。私たちの結婚した日だった。

四月　鯨を獲りに

朝、サラリーマン諸氏は、ためらうことなく家を出る。いや、ためらっていても出なければならない。要するに大方の人は職場を目ざす。

歩きながら、乗り物の客となりながら、人は何を考えているのだろう。中には一頭の鯨《くじら》を獲《と》る決意も固く家を出て来た人もいることだろう。たとえ獲れなくても決意は牢乎《ろうこ》としている。今日獲り逃したものなら、明日がある。

そういう〝歩く漁師たち〟はスポーツ欄が好きだ。

花の季節が深くなるころ、プロ野球の開幕が近づくと、テレビで昨日の結果が分かっているはずなのに、確認のため打率まで読み返す。

金にあかして、峠を越したスターを招き入れ、何が何でもねじふせに行くあくどいチームを相手に、逆転勝ちでもしようものなら、口には出さずとも心中は、ザマーミロ、めでたいめでたい、おれも負けずに鯨を獲りに行くか。景気が良いのである。

私は中日ドラゴンズのファンなので、「関西に住んでいて、なんでやねん」と聞かれることがよくある。大阪人は阪神タイガースと決めている人は、ドラゴンズなど視野に入ってこないのだろう。

なんでやねんと聞かれても、答えに窮《きゅう》する。チームカラーがこちらの体質に合うのだ。

ちなみにパシフィックでは阪急ブレーブスが好きだった。今西《いまにし》とか天保《てんぽ》とかシュートボールを得手とする投手がいたころだ。双方とも地味なチームだった。

そのドラゴンズの負けがこんでいたころ、『投げろ魔球！河童《かっぱ》怪投手』（ポプラ社）という話を書いたことがある。

川の淵《ふち》にすむ河童が、鉄砲水に流され、海で漂流しているところを助けられる。この河童、時速一六八キロメートルを投げる怪投手で、請《こ》われてドラゴンズに入団。

しかしこの河童は礼儀正しかったから、他球団の選手に挨拶《あいさつ》される度に丁寧《ていねい》に頭を下げる。

その時、頭上の皿に溜《た》まった水がこぼれ落ちると、子どもより非力になってしまう。

そのシーズン、中日ドラゴンズは優勝し、河童は一挙にスターとなるが、正体をさらけだされて、田舎《いなか》へひっこんでゆく。そういうストーリーだった。本は結構好評だった。気を良くして私は中日球場を訪れ、その迷作を広報担当の方にさしあげた。こちらは何の反応もなかった。馬鹿《ばか》ばなしに映ったのだろう。

野球のシーズンが近づくと、あの河童を思い浮かべる。毎日、鯨を獲る意気ごみだった、かつての〝歩く漁師〟は、いつしか〝読む漁師〟に堕《お》ちてしまった。
とはいえ、むろん今年の優勝チームはドラゴンズである。

五月　貧しさの振幅

私が子どもだった五十年ほどのむかし、たいていの農家は貧しかった。耕地面積が狭く、出稼ぎなどもなかった時代だ。それでいて、どの家にも車を曳《ひ》いたり耕したりする役牛《えきぎゅう》がいた。

小学校（当時は国民学校とよんだ）も五、六年生ともなると、子どもは牛の世話を任された。敷《し》きわらを入れたり、ブラシをかけてやったり、しごとはいくらもあった。当然、牛は子どもたちと仲がよかった。

黒くて小ぶりな但馬《たじま》牛は、よく働き、おとなしかったから、人気があった。

赤牛は図体《ずうたい》が大きい。気にいらないことがあると、角《つの》のある頭をふった。主人に角を向けるとはとんでもない話で、そういうクセの悪い牛は直《ただ》ちに使いやすい牛と交換する。

〈黒牛の息は黒砂糖の臭《にお》いがする。赤牛はみそ汁の臭いがする〉

誰《だれ》いうともなくそんな感想をのべ、私たちはそれぞれ納得した。なるほど、どこか甘い息の臭いは、黒牛だけのものだ。大好物のみそ汁の桶《おけ》に頭をつっこんで、ヅワーっと音立てて吸い上げる赤牛はどこか厚かましく、粗野な印象を残した。

家で飼うのは雌《めす》と決まっていた。雄牛は力も強く、女、子どもでは扱いにくい。四輪の荷車を曳《ひ》いた。

アメリカやイギリス相手に戦っている日本は、とりわけ石油が足りない。飛行機の燃料に混ぜるということで、松の木の根っこを集めていた。松根油《しょうこんゆ》の原料を山積みした牛車が何台も何台も連《つら》なって、キイキイとブレーキをきしませながら坂をおりてくるのは、壮観だった。

「牛は連れてこられた方へ逃げるんやと」

そういう情報を持ちこむ者もいた。博労《ばくろう》（牛馬の商人）は盗んだ牛でない証拠に赤い首輪をかけさせて、得意先を訪れる。商談が成立すれば評価の差額を支払って、博労は帰って行く。牛は泣きながら連れて行かれることもあった。

何かのはずみで、牛がとことこと逃げだす場合がある。その時、牛は売られて来た道を引き返すという。北から連れてこられた牛は北方へ、南から来た牛は南方を目ざす。三年も四年もたっていても、この習性は変わらない。母牛に会いたくて引き返すというのだ。

その話になる時、みんなはしんとした。三年も四年もたっているなら、母牛はとっくに肉牛として売られているかもしれなかった。父や兄を戦地へ送っている私たちに、別れは身につまされた。牛が涙を流して泣くのは知っていた。他人《ひと》ごとではなかった。

田植えが近づくと私は、人も牛も極限に近い労働を強《し》いられた雨の季節を思い浮かべる。天にも地にも水気が満ち満ちた十日ほどの間に、父や母、家族との接点は急速に深まったのではなかったか。子どもといえどもそれなりの働き手だった。貧しかったのは心もか、と問われれば思わず考えこんでしまう。

六月　ポッポッさんの住む世界

子どもの心象世界を舞台に制作をつづけていると、大人に子どもの価値観や心情世界が分かるのかという反省、もしかしたらとんでもない思いちがいをしているのではないかと、ふと自分を疑うことがある。

孫娘は今年五歳になったが、二歳のころから発想がおもしろかった。

たとえば風で飛ばされる新聞紙がある。すると彼女はしげしげと新聞紙の下をのぞきこんで「ああそうか」と納得している。見えない世界にいるポッポッさんが新聞紙をかついで走っていることを確かめて、安心するらしかった。

ポツポツさんは天の世界に住む鳥で、夕立の前にはまっさきに降りてきて、大地をたたく。たまたま新聞紙や花や茂みに覆《おお》いかぶさってくる時は、足音が高い。

姿、かたちが見えなくても、そこに何かが在《あ》るという認識は、大人も子どもも変わることはない。大人に見えない世界が、たまたま子どもに見えるというだけの差だ。初めに記したとんでもない思いちがいとは、子どもの空想を愚《ぐ》にもつかぬ妄想《もうそう》ととらえたり、過大に評価したりしていないか、という自省である。この点、最近は居なおって、はるかむかしの私自身に正面から向き合おうとしている。

つまり、子ども文学をなりわいとするのは、大人の一人として、かつての自分に出会う旅なのである。

孫娘は三歳になるころから、保育所に預けられた。時たま「今日は行きたくない、休む」と、だだをこねることがある。母親は「ではシロクマのおばさんに相談してみようか」と孫を電話の所まで連れて行く。

「もしもし、シロクマのおばさんですか。今日は保育所に行きたくない。ハイ、B子ちゃんがいけずをするからです」

勿論《もちろん》、芝居であることは、本人がよく知っている。知っていて、それでもなお援《たす》けを求めているのだ。

たぶん、氷の国に住むシロクマのおばさんの、何がしかの助言を得たものだろうか。この〝不登校児〟はしぶしぶ黄色いリュックを背負って出かけて行く。

四歳のころはセーラームーンに夢中だった。

――ムーン　プラネットパワー　メイクアップ
と、変身の呪文《じゅもん》を唱えているかと思うと、

「エーイ、オシオキヨ」

とて、すこぶる戦闘的である。

この子の母親も、幼児想像の世界に浸《ひた》っていた。ままごと遊びの最中、

「おくさま狸汁《たぬきじる》を作りましょうよ」

「賛成、賛成。それでは狸を釣りに行きましょう」

これは生け垣の隅で、へこんだサッカーボールに化けて眠っていた狸は釣り上げられて、さんざんな目に遭《あ》うという作品に化けた。二十五年かかって本になった計算である。

七月　痴漢

　地下鉄の電車が騒音とともに駅になだれこんだ時、前に立っている中年女性がよろめいた。はずみで肩にかけた黒いカバンが私の肩を打った。同時に足もとがぐらついた。のばした手が私の膝《ひざ》につっぱったせいで、あやうく転倒を免《まぬか》れた。つっぱるというよりは、しがみつくといった態《てい》だったが、転《ころ》げなかったのは幸運だった。

　女は手をつっぱったことに、ひどく腹を立てているらしかった。私が何か意地悪をしでかして、よろめかせたとでもいうように。にらみつけるのは筋ちがいというもの。苦情があるというのなら市の交通局か、運転手に申したてるべきだと、これはもちろん声に出していったりはしない。

とにかく私はまたもカバンを膝にのせ、瞑想《めいそう》の世界に閉じこもることにする。暑さのせいか体力にしんぼうがなくなった昨今は、電車に身を預けるのが下手《へた》になった。満員電車に乗ると、ぎこちなさがよく分かる。

海中の昆布《こんぶ》のように、揺れるに合わせてのんびりと自分だけの空間に凭《もた》れることがうまくいかないのだ。

その日、私は一電車をやりすごし、シートに座っていた。席を譲る気はかけらもなかった。そのうちに降車駅が近づいてきた。

私はうす目をあけた。まん前に立っている黒カバンの女性のことは、きれいさっぱり忘れていた。見上げると目が合った。全くの偶然だったが初めて互いを確認したことになった。

駅がきた。ドアが開く。同時にくだんの女は三、四歩とびだしたが、振り返って私を確認すると、カバンを小脇《こわき》に抱きしめて小走りになった。振り返ってこちらをにらむ目がおびえて見える。

階段は人でいっぱいだったが、降りきった所でうさん臭《くさ》い男が尾行（？）してくるのを確かめると、大あわてで改札を出た。

ここに来て私のおかしさは、いくらかしょっぱいものになった。彼女は明らかに後からついてくる私を痴漢と認定し、いっさんに逃げているのである。怪しい男は逃げても逃げても間をつめてくる。いや、痴漢でなければ、電車の中でのできごとに、一言半句のおわびを強要するために追ってくる。女はそう考えているかもしれない。

パチンコ店の前を通り、旧国鉄跡地を左に見て、私は自分のマンションを目ざす。女も目ざす。時間を切り替えるために、私は書店に入って、そこにある雑誌をぱらぱらと立ち読みした。この間に先方は消えるだろう。

もうよかろうと店を出ようとすると、見覚えのある顔がガラス戸のむこうにすっとひっこんだ。とたんに私は不愉快な気分に閉ざされた。しつこいではないか。

当方は清廉潔白《せいれんけっぱく》、電車の中ではむしろ被害者だった。それが何時《いつ》の間にか被疑者の側にいる。

林立する高層マンションの一つに入ろうとした私は、エレベーターのドアを細く開けてのぞいているさっきの女を見つけた。狐《きつね》に似た尖《とが》った顔の女だった。

八月　水の思い出

朝星・夜星――家族の働きでやっと梅雨を乗りこえた農家にとって、その後にやってくる暑い季節は、ほっと一息つく〝骨休み〟の時だった。

麦を穫《と》り入れて田植えをすませ、芋《いも》や雑穀の種子をおろした後は、すべてを天の運行に預けて穫り入れの季節を待つ。

稲田の除草は根《こん》のいるしごとだったが、ほかには水を管理するだけなので、多少のゆとりも生まれる。子どもらは水遊びに明け暮れた。

昼食の後、大人たちは思い思いに場所を決めて、午睡をとる。それを横目に溜《た》め池で泳いだり、谷川をせきとめて沢ガニや小魚を追ったりした。

川遊びにはそれなりの道具がいる。魚網の代わりに砂をとおす篩《ふるい》を持ち出しては叱《しか》られ、たった一個しかないバケツをひしゃげたと、どなられる。

家には放し飼いにしている七、八羽の鶏《にわとり》が畑の土をかきたてて虫を探す。時たま彼女たちが秘密の祭典に供えでもしたような鶏卵を、生け垣の陰に見つけたりする。鶏は五個六個と並べて産むのだが、忘れるのだろうか、別の場所にもひっそりと置き去りにした。

白く焼けた農道では、むーんと牛糞《ぎゅうふん》が乾《かわ》いている。誰《だれ》いうとなく「増産、増産」と賢《さか》しらな子どもらは、争ってその汚《きたな》いものをかき集めては自分の田に運んだ。

夏の思い出の中で鮮やかなのは水。

水がなくては稲が枯れる。争いとなって血を見ることもあったという。

田んぼがひび割れ、泥土《でいど》が白く乾きだすと、稲は葉を巻いて黄色く脱色しだす。そのあたりが限界だった。夜を徹して井戸の水をかける家もあるにはあったが、人の力などたいしたことではなかった。大夕立を待ちかねた。

雨乞《あまご》い祈願は小高い場所を選んで、竹だの木材を骨に組み、大半の燃料はワラを使うのが普通だった。〈雲破《くもやぶ》ち〉とも呼んだ。熱い乱気流を起こして雨を呼ぶアイデアは理屈にかなっているように思えた。

だが、ケシ粒ほどの火で天の一角を焼いたとしても、夕立を招くには至らないだろう。神仏に頼るしかないのだ。

一カ所だけでなく、近在の村々町々が合同して一斉に火が放たれると、夕もやの湧《わ》きはじめた眼下の光景は美しかった。

しかし、〈雲破ち〉は速効がなくても、何日か後に雨は確実にやって来た。田のものも畑のものも一斉に蘇《よみがえ》る。

この日、丘の上の高台からとんとんと太鼓が鳴った。朝の太鼓は翌日の午前中、夕方に鳴れば翌一日、〈雨喜《あまよろこ》び〉の休日となるのである。自然の一部として組みこまれてきた土に生きる人々の歓声とともに、草木をはじめ山や野に住むいのちある者たちの喜びの声が、山野を震わせて走ったものであった。

九月

万年筆

しごとを予定した日は、書斎にはいってまず万年筆にインクを満たす。

現在、私が愛用する万年筆はドイツのM社製で、握りの太い、いかつい物だ。以前はひとまわり小振りなのを使っていた。これも書きよかったが、酷使に耐えかねてかインクがもれるようになって、現在のタイプに変えた。

同じ会社の製品でも各種あって、私が愛用するのは荘重ともいうべく、しかも書きよい。バランスがよいのである。

それも同種のタイプを三本常備しており、一本は大阪のしごと場に、一本は奈良県五條市の自家におき、残った一本は持ち歩く。

私は十五年ほど前から北摂《ほくせつ》（＝大阪北中部）のB女子大学で教えているのだが、通勤に四時間もかかる。そのため出講に便利なように怪盗ルパンよろしく、大阪に隠れ家《が》を設けた。秘密はいつとはなく洩《も》れて、人の出入りは多くなったが、ここでも万年筆が必要な時がある。

こうして、合計三本のうちの二本にインクを満たす作業はほぼ五分間。ほとんどの日はマンタンつづきの万年筆から、インクをぬいてまた詰めかえるだけの作業だ。

ついでに書けば、M社のインク瓶《びん》は黒と白のコントラストも美しくて、空瓶がずらりと並ぶと、まるで突如出現した鯨群か、旧式の砲台のように迫力がある。

近ごろはどの作家も、電子機器を上手《じょうず》に使うようになって万年筆の執筆者は減った。その方が速いし、きれいにしあがる。後から後からイメージが湧《わ》いてきて、いくらでも書ける、いや打てるという人がいる。私の周辺でもワープロやパソコンの恩恵にあずかる人は少なくない。

生来、不器用な私は、今日なお万年筆のお世話になっているが、ペンをおくまで、三本の私の分身に頼ってゆくような気がする。

私が旧制の中学一年生に入学したころ、敵国語である英語をまだ教えていた。鬼畜米英のことばをさげすみながらも、授業がつづいた。

授業ではGペンにインクをつけて、A、B、Cを書いたものだ。万年筆は高価で、ほとんどの者が持っていなかった。

ところが、二年生になった時、私をかわいがっていた伯父《おじ》が、高い所から落としたものでもあろうか、ペン先のずれた古い万年筆をくれたことがあった。

学校に持っていくと「ちょっと書かせてくれ」といって仲間たちが、aとかbとかを試し書きした。割れたペン先をそろえようとして力をこめる様子を、私ははらはらして見ていた。

壊されるかもしれないので、二度と貸さなかった。

一人になると、これも伯父から贈られたクリーム色の肩カバンを掛け、戦闘帽をかぶり、草色の制服にゲートルを巻いて歩いてみた。

颯爽《さっそう》と歩く私の胸ポケットには、金色の金具もまばゆい万年筆がのぞいていたし、カバンの中には英和辞典がはいっていた。

十月

黒い手帳・白い手帳

数日前、北国の町で講演することがあって、質問の時間になった。しばらく応じる者がなかったが一人の男の子がハーイと手を挙げた。

百人前後の聴衆が膝《ひざ》をつき合わせる狭い会場は、子どもの声に何ごとかと首を立てた時、男の子は臆《おく》することなく「何歳ですか」といった。

私の年齢を聞いているのである。横で母親らしい女性が好奇の目を光らせて笑っている。

「何歳に見える？」

「わかんない」

「六十とちょっとだよ」

ちょっとというのは正確でなくて、本当は次の誕生日がくると、六十六歳になる計算なのだ。

私の場合、六十歳を超えるころから、急に月日の流れが加速しはじめている。あれよあれよと見るまに、遠慮会釈《えしゃく》なく時間はスピードをあげて過ぎてゆく。こちらは寒い暑い、雨だ日照りだと一喜一憂している時、海の向こうの国では戦火が止《や》まず、あいも変わらず私腹を肥《こ》やす権力者や役人や暴力団が新聞を賑《にぎ》わせる。

台風がつぎつぎと発生するかと思うと、寒暖常《つね》ならぬ大陸の気象のことまで心配しなければならない。するうち重油が浦々の豊かな漁場を汚《よご》したり、宇宙基地ではコンピューターが故障したといわれれば、そのことも心配だ。

情報にふりまわされるたびに、時間はこまぎれに分断されて、消え去る。

久しぶりに高校の同窓会を開くことになり、準備会の日程を調整していると、ちらっとのぞきこんだ旧友の一人が驚嘆の声をあげた。

「なんと、きみの手帳は黒いやないか。うらやましいなあ。退職してぎっしり日程がつまっているなんてめったにないぞ。おれなんぞはまっ白や」

退職したのはよいが、急げ急げと働くだけの人生を送ってきた〈老人たち〉は、無為に流れる日々をどう使ってよいのか分からないのだという。別な言い方をすれば、遊びを知らないし、遊べないのである。

「夫は退職後、みるみる卑屈になってゆくのを感じて、見ているのがつらかった」という専業主婦がいた。夫は中学の校長を務めて退職したものの、しごともなければ出かける所もない。毎日何もすることがないのに、時間だけは容赦《ようしゃ》なく流れ去る。

「何歳ですか」という男の子に「六十とちょっとだよ」と応じた私の答えは、とっさのことだったが、実感としては、せいぜい五十歳の初めのような意識しかなかった。この時代はしごとがはかどる。

ところが、いつの間にかその時代は通り過ぎていった。後ろから見送っているだけの自分を認めたくないらしいのである。

秋風が吹きこんできても、これからはサバを読むことはなしとしよう。時間は後ろから見送るのではなく、傍《かたわ》らに引き据えて、何かを拓《ひら》いてゆく証言者にしたてたいものである。

十一月　日の丸弁当

私たちが国民学校（小学校）で日の丸弁当を義務づけられたのは、何時《いつ》のころだったろうか。山間の田舎町でも戦争の影が急に濃くなった昭和十七年ころのような気がする。私は五年生になっていた。

日の丸弁当というのは、長方形のアルミニュームの弁当箱に飯を詰めこみ、中央に梅干しを一個押しこんだだけのものである。戦場の兵士の苦難を思いつつ、質素倹約、農村でも米は食うな、代わりに豆や芋《いも》を食えという時代だった。

農家は家族の食いぶちを最少限に見たてて、保存米を確保する。供出《きょうしゅつ》（命じられて政府に売る）を全《まっと》うした家では、多少の米の横流しはどこの家でも普通のことだった。

定められた量の中から、自家用分をぎりぎりまで減らし、代わりに麦や芋で補うのである。農家は砂まじりの下等米や雑穀で補いをつけた。

麦飯が普通だった。

炊き上がった飯は比重の軽いひきわり麦が上部に集まり、釜《かま》の底に米が沈んでいる。麦を片隅に寄せて、弁当箱にはなるべく白いところを詰める。麦のせいで、日の丸は褐色。正確には、そのころはやった歌のように、

「白地に赤く日の丸染めて……」

とはいかなかったが。

昼食時ともなると、弁当箱の蓋《ふた》に茶を注いだ。ほとんどの男児は、湯呑《ゆの》みは持っていなかった。

だが、古い弁当箱は蓋の中央に、梅干しの酸に侵《おか》された穴があいていた。

女子の中には湯呑みを持参する者がいた。どういうわけか蓋でおかずを隠して食べていた。質素な副食が恥ずかしかったものか。

おかずといえば、カツオブシをご飯の中に敷《し》き詰めたもの、コンブやツクダニが普通で、メザシや玉子焼きでも入っておれば、たいしたご馳走《ちそう》である。中でもサケの切り身でも掘り起こそうものなら、隣近所からなかまがのぞいた。周囲のご飯に染《し》みて美味《おい》しかった。

私もそうだが、近ごろは市販の弁当のお世話になることが増えた。献立も豊かだし、カラフルなのも食欲をそそる。

だが、この平均的味覚がどこかなじまないのは、立地条件のせいもあるだろう。かつての子どもたちのように、年中飢えているといったお寒い時代でもないからか。

秋になると山野に食い物が実った。イチョウが紅葉するころ、寺では銀杏《ぎんなん》が落ち、神社のシイの実が境内に散る。シイの実はそのままでも食べられたし、炒《い》って食べればもっと甘かった。

銀杏は果肉に包まれて強く臭《にお》った。町の子らは辟易《へきえき》して手にとろうとしなかったが、あれは足で果肉を外し、一端を砥石《といし》で削ってつまようじで中身を捨てると、鋭い音を発する。小さな円錐《えんすい》型の笛は秋の涼気を切り裂いて走った。

実りの秋を迎える時期になると、貧しかった往時を思って落ち着かないのは口惜しいことである。

十二月　野性を失う子どもたち

子どもから生活の臭《にお》いが消えた。

大小便の臭気《しゅうき》をいうのではない。いや、それもふくめて子どもは清潔になった。むかしの子どもたちは着衣の袖《そで》で水ばなをぬぐった。袖口はそこだけがてかてかと光って、重かった。

身ぎれいになったのは近々四十年くらいのものだと思われるが、青ばなをすすり上げている子は全く見なくなった。

地球温暖化のせいで、風邪ひき患者が減ったのかもしれないし、少子化現象で子どもが減った分、周囲の大人たちが寄ってたかってはなたれ小僧を〝悪〟ときめつけて、追放したせいかもしれない。食い物のせいもあるだろう。いずれにしても全身汗まみれ、泥《どろ》まみれの汚《きたな》い子どもは確かに減った。身ぎれいで脚《あし》の長い少年少女が増えている。

私の子ども時代、農作業の手伝いはともかく、遊びまで束縛されることは少なかった。牛の腹で血を吸いつづけるアブを、平手でたたき落として尻《しり》をぬき、カヤの葉をさしこんで放してやると、哀れな犠牲者は、中空をよたよたと逃げ去った。

ショックン（食用蛙《しょくようがえる》のこと。牛蛙とも）の尻に麦わらをさしこみ、空気を吹きこんでみたが、その生臭《なまぐさ》さに閉口して放ったこともあった。

ショックンはアメリカ人の好物なので、高い値段で買ってもらえると聞いて、私たちは張り切って捕《と》った。何でもとびついてくる悪食《あくじき》の蛙なので、釣るのは訳がなかった。オオバコの葉っぱを糸でくくって眼前で跳《は》ねさせると、とびついてきた。

ある時、七、八匹の巨大な蛙に包丁を入れてモモ肉を外しながら、私はひどく吐《は》いたのを覚えている。その生臭さはどうにもならなかった。

今にして思えば、小動物から見た私は、極悪非道《ごくあくひどう》の大悪人ということになる。だが、野性を失った今の子どもたちが自分の夢を持つこともなく、したがって挫折《ざせつ》することもなく、定められた学習の日程を黙々と消化している姿を見ると、化学薬品の水槽で栽培する清浄野菜を連想してしまう。

私の知人に、赤ふんどしで水泳指導をするOという校長がいた。ある時、町の小学校から転校してきた少年を前に、O氏はにこにことして、「泣かしたろか」といった。校長としては冗談にもいうべきことばではなかったかもしれない。

しかし、転校生は不登校児にはならなかった。校長が何ゆえに〝反対のこと〟をいうのかが理解できたので。

神戸の小学生殺しの後、多くの人が発言している。ふたたび起こることのないように願いつつも、不意にやって来る獣性をどう受けとめるか。作家は子どもの体臭をとりもどすべくひたと目を据え、教師は深層心理を詩に託して発散させる指導が考えられる。恐れるのでなくガスをぬく作業を、どう位置づけるかが問題なのである。

第四章
うた
〈平成十三年〉

一月　猩猩

十数年来、正月には猩猩《しょうじょう》の軸を掛けてきた。

「猩猩」というのは能の一曲である。

唐土の揚子《ようす》の里に住む男が夢に導かれて市で酒を売っていると、猩猩という妖精《ようせい》が現れ、酒に浮かれて舞《まい》を舞いながら、親孝行なその男を祝福する。

その猩猩の舞う姿を描いた軸が、わが家の「祝《いわい》」の象徴である。

赤い髪と赤い面と黄金の装束は、日の出の光にも似て明るい。

飲酒はまた、お家芸でもある。男はもとより女たちもイケル方であった。

——やらやら　めでたや
　めでたやな——

酒に酔っても赤くも青くもならないのが家系であって、ここが猩猩とはどうも違う。

そういえば教祖《おやさま》は、赤衣《あかき》をお召しになっていた。なぜ赤をお好みになったのか。

さても教祖も、親孝行の男女をお誉《ほ》めになったのであろうか。

しかし、この正月は、猩猩とは無縁である。

昨秋、母が逝《い》った。九十一歳だった。奈良県の金剛山の南、ゆるやかな斜面に南を開いた家にいて、田を作り、三人の子どもを育てた。親孝行の方はどうであったか。

大事なものを喪《うしな》って、不肖《ふしょう》の子は今はもう届かぬ繰り言を独りつぶやきながら、生きてゆくしかなくなった。

母は三年ほど病床にあった。介護は同居している弟夫婦が注意を怠《おこた》ることなく務めた。二人とも定年になって多少の時間ができていたことも幸運だった。

半年ほど前から、母は人物を定かに識別できない状態になっていた。

ある時、私が側《そば》に立つと母はベッドの端をたたく。意味が分からないままに首をかしげると、義妹《いもうと》は「ちゃんと分かっているんやわ。義兄《にい》さんは歓迎されとんのやで」と笑う。その間も母はにこにこしている。ベッドの端をたたく仕草はまだ止《や》めない。

そして、私はふと気がついたのだ。たたいた場所に座るようにとの指示だった。何もやるものはないけれども、まあ座ってお行き、そんな声が聞こえたような気がした。私は座った。それから「はあ、はあ」と笑いながら手を握った。母も笑った。冷たい手だった。

いま、その声はもうどこからも聞こえないが、私には鼓《つづみ》を背景に、猩猩の軸一幅《いっぷく》が浮かび上がる姿が見えている。

二月　父は——

父は寡黙《かもく》な人だった。

師範学校では専門を地理と定め、風俗に関心があった。大部《たいぶ》な『日本地理風俗大系』や『世界地理風俗大系』などの本が書斎を飾っていた。写真がきれいな豪華本だった。

奈良師範学校を出た父は、附属小学校に残るように勧められたという。

しかし三反《たん》百姓を棄《す》てるわけにもいかなくて、故郷の地に小学校の訓導《くんどう》（＝教諭）として赴任《ふにん》してきた。

郵便はがき

料金受取人払郵便

天理支店
承認

118

差出有効期間
平成22年6月
30日まで

6 3 2-8 7 9 0

奈良県天理支店 私書箱30号
天理教道友社

「風の声 土のうた」係行

※書ける範囲で結構です。

お名前	（男・女） 歳
ご住所（〒 - ）電話	
ご職業	関心のある 出版分野は

天理教信者の方は、次の中から該当する立場に○をつけてください。
• 教会長　• 教会長夫人　• 布教所長　• 教会役員
• 教人　• よふぼく　• その他（　　　　　　　　　　　）

ご購読ありがとうございました。今後の出版物の参考にさせていただきますので、下の項目についてご意見をお聞かせください。

この本の出版を何でお知りになりましたか。

1．書店の店頭で見て（書店名　　　　　　　　　　　　　　　　　　　）
2．『天理時報』『みちのとも』『人間いきいき通信』を見て
3．ホームページを見て
4．人にすすめられて
5．その他（　　　　　　　　　　　　　　　　　　　　　　　　　　　）

本書についてのご感想をお聞かせください。

小社の出版物について、または今後刊行を希望される出版物について、ご意見がありましたらお書きください。

ご協力ありがとうございました。

小柄だが、声だけは大きかった。

後に、谷あいの雑草地に米・英軍の進路を予想して、敵軍を迎え撃《う》つ「タコツボ」を掘る作業を監督した父は、その大声で命令を伝えた。命令といっても休憩とか、弁当を使えだとかいう程度の合図である。

声は谷にこだまして指令はゆきとどいた。戦争の末期、五十歳に手の届きそうな父に在郷軍人の訓練司令官を命じたのは、学校当時の大声が評価されたもの、とわれわれ家族は納得していた。

戦争が終わってほどなく、父が黄色い奉公袋をひきだしたのを、家族はのりだしてのぞきこんだのを覚えている。

「ほれ、これが物いうたんやぞ」と、父は袋の中から一枚の紙切れをとりあげた。「士官適任証」と読めた。「師範学校を出る時、優秀な者にだけくれたものや。下士適というものもあった」

父は何度も何度もたしかめながら「誰《だれ》にも言うんやないぞ。バレたら軍の協力者ということで、銃殺になるやらもしれん」。

一夜にして名士は標的になりかねない時代だった。銃殺？　一家には、とんでもない話だった。

「そら、あかんがな」

母は血相を変えて士官適任証をひったくると、こなごなに引き裂いた。それでも足らずに、かまどにくべた。

「これでお父さんが軍に協力したという証拠はないようになったぜ。殺されてたまるかい」。噛《か》みつくような激しさだった。

人文地理に愛着があって、父は小学校の教員を十年近く務めた末、思うことがあって、ある日ふと職を辞した。美味《おい》しい野菜や果物を栽培する有機農業を実践したくて、専業農家に設計を変更したのだ。

父の不幸は、そのころから戦争が急になっていったことによる。戦後も「六石取り稲作」や「促成トマト」にうちこんでいた。だが、どれも長くはつづか

なかった。時には怪物が吠《ほ》えるように、田畑に向かってひとり話しかけている
こともあった。

二月　父は――

三月　だらりと空気銃

戦争が拡大していくばかりだったあのころ、どこで手に入れたものか、父は小学生の二人の息子たちに、ずしりと重い空気銃を持ち帰った。

ぼくらは狂喜した。何しろ本物と見まがうほどの鉄砲（?）が、わが家にも現れたのだから。

近くに住む中学四年生のHさんが、病気療養のため、高性能のエアガンを肩に、山野を歩いていた。ぼくらは時々銃身をなでることを許してもらったり、そっと撃《う》ち方を教《おそ》わったりした。

夕方、山から帰って来るHさんは、腰のまわりにハトやヒヨドリをゆわいつけている。死体からは、軽々と空を飛翔《ひしょう》する鳥たちのおもかげは、かけらも見えなかった。その小鳥を、Hさんは片っぱしから撃って、片っぱしから食った。Hさんの銃は元ごめ式で、ほぼ三分の一ほどの所で二つに折れた。弾丸は小豆粒ほどの小ぶりだが、威力にかけては先ごめ銃の比ではない。

父が手に入れた空気銃も先ごめなので、装塡《そうてん》する時は銃口から丸い散弾のひと粒を転《ころ》がして弾《たま》をこめる。弾の転がる音を聞きながら、私たちは顔を見合わせた。こいつはたいしたことはなさそうだ。父は陽気だった。

「さあて使い方が分かったら、模範撃ちを見せてやろう。その辺にスズメはおらんか」

スズメはいなかった。

谷を渡るヒヨドリの、かんだかい声が飛びかう。いつの間に来たのか、牛小屋の脇《わき》にある電柱に、一羽のモズが羽を休めているのが見えた。

何がおきたのだろう。モズは好奇心のかたまりになって、こっちをうかがっている。その時、不意にタスッと空気の裂ける音がして、電線の上のモズが斜めに地上に落ちかかった。「当たった！」と弟が叫んだ。

父はあわてて二発目をこめる。しかしモズは悠々《ゆうゆう》と電線にひきあげていくと見る間に、次の瞬間、身をひるがえして跡形もなかった。

山なりにだらりと十メートルほどしか飛ぶことができない空気銃は、ぶざまな醜態《しゅうたい》をさらしたことになる。

最後に見たのは中学の入学試験発表の日である。一刻も早く合格を告げたくて飛ぶように帰ると、父は障子に的《まと》をつりさげて、当たるはずのない空気銃を試射しているところだった。しごとを休んで待っていたらしい。「その顔は、どうやら受かったようやなあ」。座を広げて「殺さない鉄砲というところがうれしいなあ」とこっちを見た。小鳥のように澄んだ目だった。

四月　しまらない話

昨年十一月の初めのころだった。突然、文化庁から電話がはいって、文部大臣賞を贈りたいが受けてもらえるかという。

昨、平成十二年は「子ども読書年」ということで、各地で子どもの読書が大きくとりあげられた。国会でも党派を超えて全員一致で決議されたのは、十七歳を中心に、青少年世代の荒れる実態が目に余るからであったろう。

いや、レッキとした大人の世代も、一部若者の残酷さ以上に暗いかげを落としている。日々にすさんでゆく現代の病根を癒《いや》そうという思いもあったことだろう。

これは本好きな人口を育《はぐく》んで、かなり有効であったらしい。私の孫が通う小学校でも、朝の十分間を本読みに充《あ》てていて、これが読書の入り口を広げていた。好奇心の強い子どもたちは、本をまるまる拒否したりなどはしなかった。自分に合うか合わないかは、体感で識別するからだ。

子どもの数が減ったことと、本が売れなくなったこととは直《じか》につながらない。おもしろいから読む、おもしろくないから読まない。問題は、何におもしろいと反応し、何をくだらないとするか。

私たちは好奇心から発して、空想の世界を遊び歩く。そして何パーセントかは、いつとはなく妄想《もうそう》に溺《おぼ》れ、詩精神は腐敗《ふはい》してゆく。〝十七歳〟は病める集団でもあるし、詩人たちの群れだ。

文化庁からの電話にむけて、わたしは照れくさくて、ちょっと威張って言った。

「ありがとうございます。やろうというものはみんな頂くことにしています」

しかし電話が切れてからも、何とはなくすっきりとしなかった。児童文学の発展に貢献した覚えがうすかった。受賞者は東京から三人、その他から一人(私)。尊大さを省みて、身のすくむ思いだった。

それと察した友人の一人が「作品賞やなく作家賞であるところが値打ちやがな」と慰めてくれた。「めでたい、めでたい」と煽《あお》る野次馬《やじうま》もいて、くすぐったくもあった。

十二月十日。文部大臣賞授与式は全国各地の実践家たちを集めて盛大に開かれた。それからまた二週間ほどして、東京で祝う会が設けられた。

ひとこと気の利《き》いたお礼を申し上げるつもりだったが、折あしくその日は杉・檜《ひのき》の花粉にまみれて奈良の山中を出たらしく、しきりに涙がにじんだ。お礼のスピーチをするころになると、案じていた涙ばかりか、水ばなが溶けてきて、私は早ばやと打ち切って退いた。

「頂けるものはみんな頂く主義ですが――」

と作家たちを代表して詩の大切さを話すつもりで壇に上ったはずなのに、しまらない話だった。

五月　父の遺産

私が職業として、教員の道を選んだのは、父の生き方に反発する底流がどこかにあったせいかもしれない。父は理想主義者で、夢を構築しては崩《くず》し、懲《こ》りずに再び挑戦するといった空想家だった。そのことに違和感を覚えたというのではない。男ならよくある構図だった。現実を冷静に分析するなどということはないから、うろたえるのは家族だった。

小学校の教員を十年めの半《なか》ばにして放棄《ほうき》した。谷地《やち》の片すみにあった柿畑を水田に変えた。父は常に名プランナーでありたかったのだ。

母が愚痴《ぐち》ると、私はいらいらする思いで聞いたのを覚えている。財布のひもを握っている台所方とすれば、そういう大切な話は勝手に改められては困るのである。長男であるぼくにも、ひとことの相談があってあたりまえだと思った。

私は、父が教員をしていた十年の中身をほとんど知らない。国民学校と名前を変えた小学校が、戦時色を濃くしていった記憶。出征兵士《しゅっせい》を見送り、英霊となった遺骨を出迎えに行く悲痛な時代をおろおろと生きていた。

父が教員をしていた当時は、まだスポーツが華《はな》やかだった。昭和ひとけたの後半のころだ。少年野球の監督として有名だったという話は聞いたことがある。卓球にいたっては自らが選手だった。

小学生の軟式野球チームが近畿大会で優勝したこともあった。当時のルールブックには、ユニフォーム姿のナインが写っており、小がらな父も生徒と見まがう姿で胸を張っていた。

卓球では同僚の教員と優勝旗を中に、硬い表情で写真に収まっていた。

それでいて、私は父からキャッチボールを教《おそ》わったことも、試合に連れて行ってもらったこともなかった。が、家には数十をこすメダルがあることを知っていた。銀・銅などの参加章、きらきらと輝く優勝記念バッジなどである。書斎にある一方の引き出しは、メダルを入れた白い小箱であふれていた。

私はそれを無断で持ち出すと、なかまたちに配った。今にして思えば、なかまに入れてもらうための献上品のつもりだったのかもしれない。

こうして父の栄誉は不肖《ふしょう》の息子に汚《けが》されながら、白い空箱だけを残して四散してゆくのに時間はかからなかった。

そんな私が小学校の教員になったのは、父が退職して十数年を経てからのことである。戦後不況のさなかで、街には失業者が満ちていた。

「採用してくれるかもしれん」

父は昔の同僚の名前をあげて小さく笑った。かつての友人たちは校長を務める年齢になっていた。この時点で、私の東京遊学の夢は砕《くだ》けたのだ。

六月　山桃の季節

夏は家族の季節である。

青々とした雑草は山畑《やまはた》の裾《すそ》を埋め尽くし、いのちあるものが山野に満ちる。この時期、米作農家は稲田《いなだ》に水を張って、泥田《どろた》の乾《かわ》きに神経を尖《とが》らせる。害虫が湧《わ》いてひと騒ぎすることもあるが、ほかは水田の除草、見まわりのしごとだけでよかった。種子をおろし、苗を植えた田畑は天に預けて、穫《と》り入れの秋を待つだけでよかった。

稲田に張った水は、灼《や》けつく太陽に熱せられて、湯のように温かい。

夏が来たことを実感するのは、大人たちが昼の一刻、かってがってに午睡をむさぼる姿を見る時だ。

障子を開けはなって、家族はいっせいに日陰に横たわり、盛夏の昼間をやりすごす。

母などはほんの少し横になるだけだが、その姿を目にするだけで、子どもたちは心がやすらいだ。いくら夏でも、いや夏だからこそ、しごとが次々と主婦の手に渡っていくのを、ぼくらは見ている。大量の洗いものや、つくろいもの、畳を上げての大掃除なども、この時期のものだった。

日照りの夏でも雨は必ず来る、と分かっていながらも、いつ来るのかが不安となってつきまとった。しかし、その日が来る。太陽に灼け焦《こ》げた大地を潤《うるお》し、畑作物を蘇《よみがえ》らせて、雨はすっぽりと小さな谷間を包みこむ。

その時だ、ビョーンビョーンと区長のたたく太鼓の音が谷を渡ってきた。

計っていたように自転車を押した魚屋が訪ねて来る。〝雨喜《あまよろこ》び〟をねらって、鯖《さば》を売りに坂道を上って来るのだ。

　持ちこまれた鯖を料理して、柿の葉でくるむのは主婦のしごとだった。上手《じょうず》な人は一升の米に七十五か八十切れのうすい鯖を用いる。それを柿の葉でくるんだ。できあがった柿の葉ずしは、雨喜びの唯《ただ》ひとつのご馳走《ちそう》だった。

　大人が横になる時、子どもは解き放たれる。家族が午睡をむさぼっている間に、ぼくらは山桃《やまもも》狩りに出かけることもあった。

　深い谷を隔てた西の山の中腹に、小さな池があった。池はかなり以前に造られたらしく、堤に太い山桃が葉を茂らせていた。

　夏休みのころになると、その山桃の実がうれた。甘酸《あまず》っぱい味が子どもたちには好評だったが、粘土質のせいでか、池は年中ミルク色に濁っていた。枝をゆさぶると、山桃の実はぱらぱらと池の中にまで落ちた。

　池には、やせて骨ばかりの白い鯉《こい》が、五、六匹すみついていたことがあって、時々クチッと鳴いては、ぼくらのすねにぶつかってきた。どこか妖気《ようき》の漂う白い鯉を、つかまえようなどとは夢にも思わなかった。そのうちに日照りの夏がきて、餓死《がし》したものか逃げたものか、秋には気配もなかった。

七月　新十津川町記念式典のこと

今年（平成十三年）の六月二十日も、私は北海道にいた。新十津川町開基《かいき》百十一年記念式典に出席するためだ。拙作《せっさく》『新十津川物語』出版以来のご縁で、私は毎年この日、この町を訪ねている。物語は津田フキをヒロインとする十巻と、ノンフィクション一冊をふくむ原稿用紙四千枚をかぞえる作品で、取材期間を入れるなら十四、五年を費《つい》やしている。

事件は明治二十二年八月十七日から始まる。

この日、紀伊《きい》半島南西角に台風が上陸、三日にわたって豪雨となった。もともと紀伊半島は台風の通り道になることが多いが、この時は秋雨前線を刺激して大雨となり、速力を弱めた。そのため雨は十八日になっても止《や》もうとはせず、〈千本の細引きが天から垂れた雨〉とも〈たらいの水をひっくり返した雨〉などともよばれる集中豪雨となり、三日二晩休みなく降りつづけた。

もちろん奈良県だけが狙《ねら》われたというのではない。隣接する和歌山県田辺《たなべ》町〈当時〉を中心とした海岸線も大被害を受けている。

後日、視察にやって来た内務省おかかえのオランダ人、ヨハネス・デレーケが降水量を見て驚嘆した。十九日、一時間当たり一六九・七ミリは世界無比の〈破雲雨《はうんう》〉だという。海岸の田辺町でこの数値なら、行く手を遮《さえぎ》る西十津川の山地では、もっと多かったかもしれない。

いっせいに山ぬけが始まった。漆黒《しっこく》の山野を震わせていた雨が、漸《よう》く小降りになってきたのは、恐怖の連夜が明けようとする八月二十日の朝のことである。

やっと生命《いのち》だけをとりとめたものの、家族のほとんどは四散している。眼下には泥《どろ》の流れを堰《せ》き止められた新湖が、屋根に人をのせたまま渦《うず》をまきながら、なおもせり上がりつつある。

「助けてくれいよう」「おとろしやよう」と泣き叫ぶ声が届くが、手の下しようがない。

新しくできた新湖は三十七にも達し、何時《いつ》決壊するかもしれなかった。その最大は深さが八五メートル、周囲は二四キロに達した。ダムの規模だった。ちなみに縦横《たてよこ》五十間《けん》（約九一メートル）を超す大崩れは千八十カ所、それ以下の小崩れは七千五百カ所、死者は百六十八人をかぞえた。

この山津波で家を失い、しごと場を失った六百家族、二千六百人が現在の新十津川町へ入植したのは、同じ明治二十二年十月のことである。

入植にあたって「移民誓約書」に戸主が署名捺印《なついん》しているところがおもしろい。私が参加した日が記念日であったのは、好都合であった。第四条に次のようにしるす。

「一家族ノ外《ほか》二人以上会席酒宴ヲ為《な》スヘ《べ》カラズ　但《ただ》シ新村ノ記念日大祭日祝日ハ此《この》限リニ非《あら》ス《ず》」

八月　お子さま・ランチ

子ども文学に登場する動物の中で、一番人気は誰《だれ》あろう猫であるらしい。犬と猫はペットとして親しまれ、従順なキャラクターもあってファンが多い。しかし今は童話の世界の話である。物語では猫の妖《あや》しい美しさが人気を集めているという。

よく似た比較では狐《きつね》と狸《たぬき》。狐はしなやかで賢そうだし、北海道などでは人に馴《な》れたせいか人里近くまで現れる。狸も餌《え》づけはさほどむずかしいとは思わないが、村のお年寄りさながら悠然《ゆうぜん》としたところがよい。何だか狐のこましゃくれたところが好きではない。

夏休みのことである。

冷房のきいた電車に、一目でそれと分かる三人のこわいお兄さんが乗りこんできた。黒い服は図々《ずうずう》しい狐のイメージそのものだった。それに茶髪、サングラス……。

空席はあったが三人は吊《つ》り革を握って何やら騒いでいる。するうち電車は小さな駅に止まって、二人の男の子が乗りこんできた。

大きい方は小学五年生くらい、もう一人は三年生ほどか。

冷房の涼風が快いので、うとうとしていた私は、近くでわきおこった大声で、さらりと目が覚めた。目の前を三人の若者が塞《ふさ》いでいる。三人は吊り革を握って、女の話に興じている。それも大声をあげて誰はばかることもない。

私は中央突破を考えないでもなかったが、動くのもめんどうだった。注意を促すほどの勇気もなかった。

やがて電車は駅に止まった。降りる人が三、四人電車を出たと思ったら、三年生が私のそばの空席に飛んできた。そのとたん、狐づらの茶髪のズボンをひっかけたらしかった。

「やいこら、何すんじゃい。静かにしてい。おのれは何サマやと思うてけつかんのや」

やにわにどなりつけられた二人はきょとんとしたが、兄はそっと弟の手を引っぱった。どうなることかと乗客は半分腰を浮かせて、見ないような顔で見ている。

狐顔のチンピラ三人が代わる代わる吠《ほ》えた。

「こんなガキを相手にしてたら、日が暮れるぞ」

「そやの、こいつら何サマやと思うてんのやろ」

三人がバカ笑いした。こわい顔をまじまじとにらみつけていた弟の方が、そり返って叫んだ。

「何サマ？　知らんの。ぼくら『お子さま』やで。お子さまランチのお子さまやで」

ヤッタとばかりに悪ガキ二人はドアをすりぬけてホームへ飛び降りると、動きはじめた電車にあかんべえをしてみせた。外から見送るような図に見えた。元気なのは、ええ。私は何だか安心して車窓に凭《もた》れた。チンピラたちはすごすごと席を替えた。

九月　少女からのたより

もう二十年近く前になるだろうか。私は読者の一人から大要、次のような手紙を受け取った。

——私は中三で、来春、高校を受験する者だが、実はほぼ三カ月、学校を休んでいる。人は信用するに足りず、自分はウツの感情をもてあましながら、自分が厭《いや》で厭でたまらない。

友人たちは気を使って毎朝、家まで迎えに来てくれるのだが、それがまた気にかかって、自己嫌悪《けんお》でほとんど勉強が手につかない。

ところがある日、書店で買った『昼と夜のあいだ』という本を読み終わって、夜間の定時制高校に興味が生まれた。定時制高校に進むには、どういう準備をしたらよいでしょうか——。

「素晴らしい友人は、定時制だけにいるのではありません。枠《わく》で考えないようにしましょう。人間として創意を語り、夢を描くことが大切です。自分のことはさておき、素晴らしいなかまと出会えるのは、あなたの日常性がシンプルで美しいからです。最終結論は担任の先生と相談するのがよいでしょう」

女子中学生はHと名のった。そして電話が切れた。

それからほぼ二週間が過ぎたころ、まるで別人のようなHからの電話があった。専門学校に合格したという。

「今は元気を取り戻していますので、ご安心ください」

良かった、と私は思った。それなりに決心が必要だったことだろう。気が弱くて独り歩きにも自信がなくなっていたHは、自分を取り戻した。

三年後に来た長文の手紙は、もう孤独な少女の呟《つぶや》きではなかった。

――今年はなんでも余裕をもってやりたいと思っています。好きな本も今は一冊を三カ月がかりりです。今までなら少なくとも三日に一冊は読んでいたものですけれども。

それもついつい読みやすい田辺《たなべ》聖子《せいこ》さんや筒井《つつい》康隆《やすたか》さんといった人たちにかたよりがちで、文学作品というようなものには、ここ一、二年お目にかかっていません。

本は小さい時から大好きでした。松谷《まつたに》みよ子《こ》さんに始まって、小学校の高学年では生意気にも『女の一生』や『椿姫《つばきひめ》』『風と共に去りぬ』といった、ほかの子どもが読まないようなものばかり読んでいました。

そんな中で一番好きなのはサリンジャーです。

私の友人は太宰治《だざいおさむ》を人生の師にしているといっていましたが、私はまだそういう作家とは出会っていません。先生には、どなたか師と仰いでいる方はいらっしゃるのでしょうか――。
私は吹きだした。それから沈黙するしかなかった。残された十数通の手紙を前に、私は子どもを信頼する側からのしごとを与えられたことに感謝している。

十月　腰がぬけて

飼犬のプーが死んだのは、夏の初めのことだった。人間の寿命に直せば八十歳を超える老年だという。そういわれれば、あごひげに白いものが交じり、歯も犬歯を残してぬけている。

その日は身体《からだ》が重いらしく、名前を呼ばれても上目づかいに見上げるだけで、近づこうとはしない。

「何やら変なの」と八歳の孫娘が背中をなでてやっても、プーは大儀そうに目玉を動かすだけ。しかし、鼻の頭は干し上げたように乾《かわ》いていた。

「やっぱり腰がぬけたんや」と、小学六年生の兄は診断を確認した。愛犬プーは体重が七・五キロ。子どもの手にあまる重さだ。

チョコレートが大の好物だった。バレンタインデーの味見をしたあげく、これこそ本場の味と評価したのだろう。家族が留守の間に残りをペロリと平らげたものだ。ほんの少し引き出しが開いていたのをかぎつけたものらしかった。

義理チョコとはいえ、私あての思い入れを託した高級品は留守役の老犬の口腹を満たしたことに、まちがいなかった。

次の日、犬は腰がぬけた。四肢《しし》に力がこもらないと見えて、動こうとしない。それでいて時折チョコレートの箱をしまいこんだ引き出しを見上げる。なんのことはない。チョコレートに背を向け、前足に顔を乗せて、警戒おさおさ怠《おこた》りないのである。泥棒が一夜明けて、刑事に変身したのだった。

死ぬ日の夕方、プーは孫娘について、よちよちと台所を出た。よかった、元気になったぞと家族が取り囲むと、八十歳の老犬は兄妹《きょうだい》について走ろうとする。

爪《つめ》が床をたたいてカチカチと鳴りわたり、四足全部が一斉に動いて跳《は》ねた。何か強い呪縛《じゅばく》を切り放つかのようだった。

とむらいは葬儀屋さんが万事を取りはからってくれた。

「ありがとう。プーちゃんのことは忘れへん」と孫娘は泣きはらした赤い目で柩《ひつぎ》に手を添えた。花で飾られたダンボールの柩は華《はな》やかだった。小さな家族の、ひとつのいのちはこうして昇天した。

もらわれて来た当座は足を上げてオシッコをするたびに不安定によろめいたが、そのうちに馴《な》れた。散歩の途中、私がつなぎひもを手にぼんやり立ち止まっていたりすると、彼は平気で私の足をぬらした。

バレンタインデーにもらったチョコレートを盗み食いしたプーは、腰がぬけたようになって急に老けた。太りすぎた独身貴族は、引き出しの中のチョコレートをどうやって手に入れたのだろうか。引き出しは確かに犬の手が届かない高さにあった。それなのに、観音びらきの中のチョコレートは消えていた。

十一月　ターラン　ターラン

今とちがって、人の手を頼りに農業を営んでいたころは、巡ってくる梅雨にまきこまれて、農家は気の休まる時がなかった。

田植えの季節は文字通り、猫の手も借りたい思いにせきたてられる。雨をしのごうと、家族は総出で麦や芋《いも》を土間にまで持ちこんだ。

鋤《すき》を曳《ひ》く牛は、あばら骨が浮いて見えるほどに、やせこけてもなお追い使われる。

家の中は足のふみ場もなく散らかっているというのに、手のすいた者は納屋《なや》の片隅で千歯《せんば》を使って、麦の穂をガッと落とす作業に忙しかった。一度水をみせてしまえば、腐るまで足が速かった。

ぼやぼやしているうちに、雨はさっさと行ってしまうこともある。

五年生ともなれば、何がしかの役割をふり当てられた。弟や妹のお守《も》りから、牛のはご（かいば）を用意することもある。

私の家は合わせても五〇アールそこその小農でしかなかったが、田植えには人手が足りなかった。植えるのは母だけで、父はめったに手伝おうとしない。男は牛を追って泥《どろ》をこねたり、束《たば》ねた早苗《さなえ》を運んだりするものと決めていた。

ただ一番広い田んぼだけは、父も庇《ひさし》の陰に裸電球を掲げて手伝いに現れた。あたりはまだ真っ暗で、星明かりもない天地は押し出すような冷気に包まれている。何時《いつ》の間《ま》にか雨はやんでおり、わらで編んだみの傘《かさ》の合わせ目から冷たい滴《しずく》が流れこんだ。母さんが腰を立てた。

「ええから先に帰ってなさい。おかゆでもみそ汁でも温め直して食べときいな」

腹は空《す》いていたが、がらんとした古家に帰るのかと思うと怖かった。

やがて、夜が明け放たれた。

「おれも行く。植えたい」

私は泥水の臭《にお》いの、むんむん立ち上る苗代《なわしろ》の横に立って、母さんをのぞきこんだ。誰《だれ》も口をきかなかった。私には、母さんと二人で楽しむ秘密があった。私は田んぼまで急いだ。田植えは初めてではなかった。やり方は分かっている。水田の真ん中へシュロなわを引いて、その中央線に沿って、目安となる木《き》枠《わく》に刻んだ目印の所へ、三、四本の苗を植えていく。

並んで手を動かしながら、いつものように母はぼそぼそと話し始めた。初めのころは『思出《おもいで》の記』という小説が多かった。それが完結すると『不如帰《ほととぎす》』がおもしろくなった。「手伝《てつど》うてくれたら、いくらでも話してやるよ」と母は微《ほほ》笑《え》んだ。お返しに、私は島崎藤村《しまざきとうそん》の『夜明け前』のストーリーを話した。

私の文章修業は、田んぼでの母の語りから始まる。やがて秋が来て、穫《と》り入れのあわただしさに包まれるころ、

タ－ラン、タ－ラン、タ－ラン

――足らん、足らん……

と足踏み脱穀機の音があちこちで立ち上った。

母が出直したのは秋の晴れた一日のことだった。タ－ラン、タ－ランという大地のうめき声は届かなくなったが、小説の師を失った空虚ないたみが、じわじわと広がっている。

十二月　赤い神兵

私の住む大和《やまと》の田舎町は、秋ともなればいろいろの顔が見えだす。中でも燃えさかる紅葉と彼岸花《ひがんばな》のころが印象深い。大和は国のまほろば――奈良盆地はもやの中にかすみ、時には霧に閉ざされて三山が遠のく景を、私は懐《なつ》かしい思いで見とれることがある。

秋になると、蝶《ちょう》のように色づいた木の葉が舞い落ちる。あたかも約束をしていたように地に還《かえ》っていくのは壮観だ。葉っぱは露にぬれた重みのまま、ぼとぼとと大地をたたいた。公園でも落葉は一斉に始まり、はたと止《や》む。風もないのに、示し合わせたように、一斉の落下は地上に枝の分だけの円弧《えんこ》を広げる。地上の落ち葉は昨年と比べてみれば、いくらか落下の輪を広げたようでもあった。

小宅の庭の一角に、雑草で入り口を閉ざされた土捨て場がある。ここに何時《いつ》のころからだったか彼岸花が住みついた。なんの変哲もない生垣《いけがき》のかたわらで、マンジュシャゲは盛大な宴《うたげ》を繰り広げはじめる。

何時、誰《だれ》が植えたものでもなかった。ところが気がついた時には、五、六本の花が虚空《こくう》に信号でも送るかのように咲いていたのである。

このマンジュシャゲは開花する一週間ほど前から、みるみる仄《ほの》白い蕾《つぼみ》を押し上げ、しっかりと根を張っていた。

なんの準備があるわけでもない。咲きだす予兆もないというのに、不思議な光景だった。

つるつるの白い妖精《ようせい》は葉っぱのひとかけらも見せず、炎のかたちそのままにつくつくと燃えだす。

ほんの短い間の、しかも約束した時間の誤差もないように思われたが、驚いたことに球根の数は昨年よりも明らかに増えているではないか。

この秋、私は忙しかった。

そのせいもあって、生垣は空《むな》しく炎に飾られたが、彼岸花は赤い神兵さながらに、勢いに満ちていた。しかし神兵は幻の闘いに疲れたかのように、朽《く》ちた。色彩の季は確実に終わって、気がつけば間もなく年が替わろうとしている。


生家の周辺は十余年前から宅地の造成がすすんで、私たちの「兎《うさぎ》追いしかの山」も「小鮒《こぶな》釣りしかの川」も、姿を変えた。巨大な重機が山を削り谷を埋めた。私をはじめ、山野の思い出を共有する、幼い時代に生きた人たちの声を、もう一度聞きたいと思った願いは叶《かな》えられた。

戦火に焼かれる思い出を懐かしむなどという回想は、これっきりにしたいものだ。アフガニスタンやその近郊の脅《おび》えた子どもたちの、すがるような目を忘れはしない。

完

第五章

「新十津川物語」を振り返って

「新十津川物語」を振り返って

――おやさまが「物語」にお出ましになった語《こと》

拙著《せっちょ》『新十津川物語』シリーズ（全十巻・偕成社）は、昭和五十二年（一九七七年）に第一巻「北へ行く旅人たち」を出版してから、昭和六十三年（一九八八年）に第十巻「マンサクの花」を出版するまで、十一年をかけて誕生した物語である。取材の期間を含めるなら、最初に奈良県十津川村を訪れた日から数えておよそ十六年を、この物語の制作のために費《つい》やした。

活字になった原稿は、昭和六十二年に書いたノンフィクション『十津川出国記』（北海道新聞社）を含め合計四千枚を超えた。活字に至らずに書斎で眠らせてしまった原稿用紙を数えるならば、その数倍にも至る。

〈明治二十二年八月、奈良県吉野郡十津川村を豪雨が襲い、村に未曾有《みぞう》の被害を及ぼす。

一夜のうちに出現した赤い湖が三十七。九〇メートルを超える山津波は千八十カ所を数え、全村の四分の一にあたる六百戸、十分の一の集落が消し飛んで、死者は百六十八人に上った。家や田畑、山林を失った人も多く、彼らは北海道へ移住することになった〉

現実に起こったこのできごとと、北海道開拓に加わった奈良県の人々のその後を、児童文学の形でいつか残しておこうとしたのは、大自然に生かされながら厳しい自然の中に生き抜いていく人間の歩みを、子どもたちに伝えたいと願ったからである。

しかし、現実の事象を小説に仕上げていく場合、どこまでを小説として虚構の世界に描くべきなのか。

事実を取材することの難しさがここに立ち上がった。「現実の事象をできる限り生かして、開拓の先駆者たちの姿を文章に残しておきたい」という思いと、「各々個人の歴史を尊重するならば、現実とは違う場所に、別の『新十津川』を創造しなければいけないのではないか」という思いが交錯して、ほとんど一冊分の原稿を「ボツ」にして書き直したこともあった。

後に『新十津川物語』がＮＨＫでドラマ化されたこともあって、物語の舞台となった北海道新十津川町に、「新十津川物語記念館」が建てられた。記念館の十周年用に作ったパンフレットに、私は次のような言葉を書いている。小説という虚構の世界を事実に取材することの苦悩である。

「『新十津川物語』の舞台は架空の町ではなく実在する新十津川町である。明治から昭和、主人公たちがあたかもそこに生きているかのように書いたので、細かい事実なども通常の小説より時間をかけて調べる必要があった。

それでも書き上げた後に、読者から幾つかのご指摘を頂いたりして、修正は何度も加えられた。

創造するべきは文学なのであって単なる事実の記録ではないと思いながらも、物語が現実世界に存在の場所を獲得していく速度は、作者の思いを超えて遥《はる》かに速かった」

（「ふるさと公園日記」〈川村たかし監修・川村優理作／新十津川物語記念館発行〉より）

こうして書き進む中で体調は極端に崩《くず》れ、第九巻以降は、ほとんどを口述筆記で切り抜けなければならないというまでに至る。

それは全く予期していなかった事態であった。病状を顧《かえり》みるならば、執筆を中断すればよいというようなものの、いま振り返れば、まるで何かに導かれるように私は物語を書き綴《つづ》っていった。物語の中に自分が創作した登場人物たちは、もう勝手に歩きはじめていて、自分は与えられた役割として、彼らの動きをただひたすらに書き留めていかなくてはならないのだとも思えた。

つらい時間が、重ねられていった。

児童文学は、大学を卒業して小学校の教員をしながら取り組みはじめた仕事であった。

『新十津川物語』以前には、ダムの建設に伴って水没していく村を描き、和歌山県太地《たいじ》の浦に伝わる古式捕鯨を描き、生まれ育った奈良県の農家や、そこに飼われている牛たちと子どもたちとの心のつながりを書いた。

自分という存在を育《はぐく》んでくれた郷土を描こうとする心が、いつも私の核にあった。「紀伊半島を書く作家になりますよ」と、当時は人に話していたものである。十津川への取材は、その延長として始まった。

子どもから大人まで、誰《だれ》でも読める文学を目指そうとしたのが、児童文学の書き手になるきっかけではあったが、こうして郷土を舞台にした作品を書きつづけることによって、児童文学は私にとっての「祈り」の作業ともなっていた。

命の尊さを描き、記すという「祈り」である。

大自然の中で、私たちは生かされているのだと、児童文学を通じて子どもたちに伝えねばならないと祈った。

大人の小説にはともすれば、絶望が描かれる。しかし子どものための文学には、希望が描かれるべきだ。なぜなら子どもは、未来を生きていくのだから……。私は、勤務していた大学の児童文学科の学生や、文学を志す後輩たちの指導にも、「児童文学こそは太陽に向かう」と語りつづけた。

『新十津川物語』は、その祈りの作業の結晶のように、私の手元から生まれ、原稿用紙を経て読者に読まれることによって、社会の中に育っていった。

祈り

その朝、フキはサイレンの音で目をさました。二日降りつづいた雨は、やっと細くなっていた。重い地鳴りが聞こえた。堤防の向こうをゴウゴウと濁流が走る音だった。

七時のニュースを見ながら、ひとり茶がゆをすすっていると、庄作《しょうさく》からの電報がとどいた。

――ツツガナキヤ　コレヨリムロランヲタツ

室蘭《むろらん》をたつ。ふたたび茶碗《ちゃわん》をとりあげながら、フキはクッと笑った。はずみで、おかゆにふりかけたハッタイ粉（麦こがし）にむせ返った。〈ツツガナキヤ〉にむせたのである。これではまるでおさむらいだ。苫小牧《とまこまい》まで出かけた庄作夫婦は、室蘭に住む和彦《かずひこ》を訪ねたのだろう。ニュースを聞いて、あわてている姿が電文に映っていた。

「どれどれ、そんなに大ごとかのら。」

外へ出てみた。水門を閉め切ってあるために、石狩川《いしかりがわ》の水は来ない。そのかわり、内側に降った雨も逃げない。夜のうちに、水は低いところからあふれて、道路の上が洗われるまでになっていた。

南の空遠く、サイレンの音が聞こえた。急を告げるサイレンは鳴っては切れ、切れてはまた鳴る。半鐘《はんしょう》の音も加わった。

「下徳富《しもとっぷ》も砂川《すながわ》も泥《どろ》の海だな。石狩大橋の上から見ると、吸いこまれそうだぜ。」

いつのまに来たものか、植西《うえにし》がジープをおりるところだった。知らない男が二人つづいた。

「砂川の水位は、一時間まえで二十メートルをこえたらしいよ。氾濫《はんらん》の限度は二十メートル半だから、濁流はどんどん街にはいっている。下徳富も同じさ。石狩大橋なんか、ゆれてよ、すっごい濁流。怖いくらいだわ。」

「どうかの、この辺は。」……

これは、『新十津川物語』の最後の場面である。

主人公のフキはまた、洪水《こうずい》と向き合うことになる。北海道に来て七十年目。

フキは、八十歳になろうとしていた。

……先に立って、ずんずん歩いた。けれどもフキは、鍵《かぎ》をあけようとした手をとめた。背中でざわっと水の気配がしたのである。ふり返ってみた。杜《もり》はそこで切れていた。初めは目が変になったかと思った。二、三十メートルばかり向こうで、稲は姿を消し、平野は果てもなくぼうぼうと、泥水に埋もれていたのである。……

……あとで思えば、なぜそんなことをしたものか、自分でもわからなかった。彼女は胸の前でしっかりと両手を組み合わせて、目を閉じたのである。

するど、遠いむかし、十津川の山中をはだしで逃げまどう九歳の女の子が見えた。山も谷もゴウゴウと鳴りひびき、崩土《ほうど》が深い谷底へなだれ落ちていく。その中を女の子はひたすら逃げる。糸をひいて、悲鳴が聞こえた……。

水は小川や沼、田や畑や道路を呑《の》みこみながら、ひたひたと動いていた。このかさなら、すでに何百、何千町歩が泥水の下に沈み、千をこす家いえの中に水が流れ入ったことだろう。

その狂気に向かって、フキは恐ろしさにおののきながらも、体じゅうの意志を集めて立ちふさがっていた。いや、戦っていた。いやいや、そうではない。彼女は祈っていたのだ。……

……どれほどたったろうか。気がつくと、いつのまにか水の前進が——堤防の内側にたまる水でなく、石狩川の濁流の前進が止まっていた。足元に来た水は、それきり増えようとはしなかった。

ざわめきがひろがっていった。笑い声がおこった。

「おっ、見ろよ。」

一人が下流の空を指さした。そこだけべた雲が裂けて、じょうごを逆さにしたような夏の光が、いましも渦《うず》巻く泥海の上に斜《なな》めにさしこみ出したところだった。……

（『新十津川物語』第十巻「マンサクの花」より）

四千枚の小説を締めくくる最終章のこの場面で、私は、自分が主人公の女性に託して、おやさまのお姿を描いていることに気がついていた。祈るフキの元へ、大勢の人々が集まってくる。おやさまは、このようではなかったのかと思った。

この時期、一文字ずつを文学に書く作業は、病のためにペンを持つことすらきつくなってきている私にとって、あたかも凍る大地を耕す作業であった。文字を書くのではなく、そこに文字を刻んでいく。

しかし、それこそが、農民の文学を書く者にはふさわしい姿なのかもしれない。

口述筆記で原稿を仕上げるようになれば、一語を発するために、膨大《ぼうだい》な分量の言葉を頭の中で繰った。人の手を使うことに、書き直しはきつい。

しかし、ふさわしい言葉を選び出すのは、「その言葉」が私に巡ってくるのを待つ時間でもあった。待てば、必ず、良き言葉は訪れてきた。物語を書き終えたころ、天理教道友社のインタビューに、私は次のように話している。

「土に生きるものの原点は、〝明日を待とう〟という発想です。農業はいま種をまきつけても、いま実るということは絶対にありえない。半年なり何カ月か待たなければならない。（中略）待つというのは農民の本質的な姿勢なんです。待つという訓練がなければ農業はできない。結果の良し悪《あ》しはわからないが辛抱強く。とにかく半年後には、いましんどくても報われるだろうと、ひたすら待つ」

（『天理時報』平成元年3月19日号「人物スクランブル　4000枚の人生賛歌②」より）

おやさまが私の物語の最後に登場してくださったのは、私のこうした姿勢を、どこかでご覧になっていたからかもしれない。

しかも。

フキにおやさまの祈りを託して描きながら、私は、なぜかまだ待ちつづけていた。

おやさまご自身も、まだ何かを待っていらっしゃるかとも思った。

小さな一個の人間ができ得ること。

私は、文字を刻み、言葉を捜し、時間の中に文学を耕している。

四千枚の原稿を、開拓にあたった先人たちに捧《ささ》げて、私は次の素材を捜して歩きはじめた。腕はペンを持てなくても、まだ書いておかなくてはならない。

おやさまは、祈る者のそばに居てくださる。

数年の後、私の仕事を手伝って開拓の資料を整理していた娘が、明治政府の話を持ち出してきた。

十津川の方たちは、災害で土地を失って行く所がなくて、北海道の開拓に出たのではないのだと言う。

「明治政府は期待を寄せて、十津川の郷士に頼んだんですよ。十津川の方が到着したときには、すっかり整地を済ませて、区画整理もして、道路も敷《し》かれてたんです。鉄道だって意外なほど早い時期に敷設《ふせつ》されています。勤王《きんのう》の武士団に、『すまんがまたひとつがんばってくれんか』という政府の姿勢ですよ、これは」

そうかと、私は笑った。

新十津川町の「新十津川物語記念館」は、奇麗《きれい》に整備された広大な「ふるさと公園」の一画にある。記念館から少し離れた野外公会堂の舞台を遠く望んで、十七歳のフキのブロンズ像が建てられている。「ライティング・ハウス」と名づけられた私の執筆用の家が、公園の丘に、白樺《しらかば》に囲まれて建てられている。

緑の大地を風が吹き抜け、時は、物語を積み込んで未来を目指していく。

私の物語の最後に登場してくださったように、おやさまは、またどこかで、そのお姿をふと見せていらっしゃるのかもしれない。

祈りながら、歩き続けている誰かのそばで、一緒に立っていてくれるのかもしれない。


（了）

あとがき

このエッセー集は、立教一五七年（平成六年）から立教一五八年（平成七年）の間に二十四回にわたって『天理時報』に掲載された「風の声・土のうた」に、「続　風の声・土のうた」（立教一六〇年＝平成九年、十二回連載）と、「新　風の声・土のうた」（立教一六四年＝平成十三年、十三回連載〈うち十二回分を収録〉）、さらに書き下ろしのエッセーを加えてまとめたものである。

三回のシリーズの間、あくまでも「風の声・土のうた」というタイトルにこだわった理由を問われることがあるが、「風と土」を置いたことについて、気持ちは「俳句」にあった。

歳時記を繰れば、風を使った季語は多い。

「風光る」「春の風」「東風《こち》」「貝寄風《かいよせ》」「春一番」「春疾風《はやて》」

「風青し」「風入れ」「風薫《かお》る」「風待ち月」「南風《はえ》」「黒南風」「白南風」
（以上、春の季語より）
（以上、夏の季語より）
「秋風」「金風」「野分け」「颱風《たいふう》」
（以上、秋の季語より）
「風垣《かぜがき》」「風囲《かぜがこい》」「凩《こがらし》」「木枯《こがらし》」「北風」「空風《からかぜ》」「北颪《きたおろし》」「隙間風《すきまかぜ》」
（以上、冬の季語より）

風の姿こそは、俳句が文芸の上に留《とど》めようとする「画」に近いのではないか。俳句は色彩的であると、かねて私は思っている。すなわち、優れた俳句は、その短い詩形の中に絵画を描いて見せるのである。

俳句の描くのは、五・七・五音の言葉とともに消え去る絵画であって、それは風に似ている。

「土のうた」と続けたのは、句の生《お》うるべき土俗の世界を言おうとしたからであった。生活に密着して、俳句は育つものだ。

さて「風の声・土のうた」というエッセーのタイトルについて書きはじめたが、思えば私は、これまで書いてきたものに、押しなべてこうした俳句の視点を持ち込んできたのかもしれない。

中学のころ、昭和二十年。私の住む奈良県の五條市に、藤岡玉骨《ふじおかぎょっこつ》という優れた俳人が帰ってきた。

玉骨先生は明治二十一年、五條市に生まれ、東大法学部を卒業して内務省に入り、のちに佐賀県・和歌山県・熊本県の官選の知事になった人である。

官界の人ではあるが、東大在学中に与謝野鉄幹《よさのてっかん》、晶子《あきこ》との出会いがあり、自らも「明星」に短歌を掲載して、まずは歌人として、森鷗外《もりおうがい》、上田敏《うえだびん》、相馬御風《そうまぎょふう》、高村光太郎《たかむらこうたろう》、山川登美子《やまかわとみこ》、石川啄木《いしかわたくぼく》らとの交流が始まった。

のちに先生は、高浜虚子《たかはまきょし》の主宰する「ホトトギス」同人となった。歌の以前から俳句を作っていたということだが、虚子との親交もあって、後年は俳句と特に深く関《かか》わることとなる。俳人としては、句文集「瑠璃《るり》」や、句集「玉骨句集」などを出版した。

　玉骨先生は、罹災《りさい》したため故郷の五條市に戻ってきたのであって、それは戦後の荒れた時代ではあったけれど、先生の家では時折、句会がもたれた。

　当時そこに集まっていた顔ぶれを、いま残されている短冊などの資料を見返し、驚くばかりではあるが、当時の私にその辺りの事情などは然《しか》も分からず、

「私のような若い者が来ても気配りしてくださる。玉骨先生、なんと偉い先生なのだろう」

と、そういったことを思うばかりであった。

　句会の日には、いそいそと自転車をこいで、牧野《まきの》村にある実家から近内《ちかうち》村の先生の家へ行った。

　句会は、私の家の近くの牧野城跡で開かれたこともあり、私もついていった。春で、筵《むしろ》を敷《し》いて、草の句を詠んだかと思う。皆で何かをそこに埋めるのだと

か、そういった話を耳にしたが、何の話なのか、よく分からなかった。杉崎句《すぎさきく》入道《にゅうどう》さんら大先輩たちが、先生の周辺にはいらした。

そういった句会で、若造が「天」という誉《ほ》めをもらうことなど、思いもしてはいなかったが、なぜかひょいと天をいただいた句があった。

止め草を終えて茶色の爪《つめ》洗う

中耕の除草作業を終えて爪を洗う景色を詠《よ》んだつもりである。が、後年に捜して「止め草」という季語は歳時記にはなかった。

そう言えば、先生はあの時、しばらく考えてから「除草かな」と言った。私は座の末あたりに正座していて、先生を見て「はい」と答えた。「止め草は除草なのかな」と、先生は独り言に繰り返した。

夏には雑草がはびこるものだ。終始注意していて、醜《みにく》く伸びた雑草を抜き取らねばならない。雑草の茂りを止めてやるのだと気負いつつ、私はたぶん草を抜いていたのだろうか。

先生にこうして問われつつ考えることで、句というものの描き出す視覚の世界について、私の思いはしだいに形を得たのかもしれなかった。

土を描く文芸……。

それは、のちに土の大地を描きたいと願う私の文学の初めの一歩であった。

牛の陰に入りて尿《しと》する麦の秋

これも、しばらく後の句会で「天」をいただいた句である。

そのころ。農家の息子として、牛とともに私の日々の生活があった。牛と父と母と弟と、農作業があった。

私の句は、そこから生まれた。

長じて作家になり、最初にもらった大きな賞は、野間《のま》児童文芸賞の大賞だった。デビューして十年たち、その間に作品は次々に出版されるものの賞などは無縁で、もうあきらめていたころの私にとって、それはいきなりの、大きな文学賞であった。

評価を受けたのは『山へいく牛』という作品で、牛と一緒に育っていく農家の子どもたちを描いた短編集であった。「牛の陰に……」と中学の時に詠んだ俳句と同じ視点で書いた、数編の物語を集めていた。短編集が大賞を受賞するというのは、野間賞の歴史に最初のことであった。

『山へいく牛』は続けて国際アンデルセン賞の優良作品賞にも選ばれ、北欧で授賞式などをしていただいた。新田次郎《にったじろう》さんが推薦《すいせん》してくださって、私はペンクラブの会員になり、日本文芸家協会の会員に加わる。

「牛の陰に……」という句について、玉骨先生は、

「号を出そう」

と、おっしゃった。俳号のことだろうか。私は、ただ目を白黒させているばかりだった。

「玉《ぎょく》の一字をあげよう」

先生の隣で、お茶を出しにきた奥さんの歌代《うたよ》さんが、私の方を見てうなずいた。

「『玉蝶《ぎょくちょう》』にしよう」

句会の座にいた誰かが怪訝《けげん》な顔つきで、

「『蝶』ですか」

と、訝《いぶか》しげに尋ねたが、

「『蝶』はいいな」

ほかの誰かが言った。

先生がなぜ私に「玉蝶」という号を下さったのか、その理由は今もってよく分からずにいる。

昭和三十三年に出版された「玉骨句集」を繰ると、「蝶」を詠んだ句が二句見つかった。

前山《さきやま》の松のおもてを蝶あがる
初蝶といひはやされて翩翻《へんぽん》と

先生が句に詠んだ蝶は、その動きに従って風を描いている。

あのころ、自分が文学を業とすることになろうとは、思ってもいなかった。

俳句が風そのものを描く文芸とするならば、風の形を描く蝶は、どこか小説に通じる。

土を文学に書くために、私が心がけるべきは、風であった。土が生活であり、風が花である。

「風姿花伝《ふうしかでん》」

玉骨先生の句は、土を風の花の形で描いた。先生はそれを演出することのできる、強烈な知性の持ち主であった。

農業の手伝いをしながら句を作る田舎の少年は、その華やぎの風の片鱗《へんりん》を、こうして先生からいただいたのかもしれなかった。

藤岡玉骨

「石川啄木と私」

第一期「明星」が豪華な第百号を最後として一旦《いったん》廃刊になつた後を享《う》けて「スバル」が創刊せられたのは明治四十一二年の交であつた。晶子女史を中心に編集は与謝野門の高足、平野萬里《ひらのばんり》、吉井勇《よしいいさむ》、石川啄木、木下杢太郎《きのしたもくたろう》等毎号交替して之《これ》に当《あた》つていた。

下手《へた》の横好きであつた文学青年の私は、東大法科に籍を置き、千駄ケ谷《せんだがや》の与謝野さんへ出入《でいり》し歌を見ていただく傍《かたわ》ら、郷里大和高田《やまとたかだ》から出ていた「シキシマ」という文芸雑誌の発行を手伝つていた。

同門の先輩石川啄木は数年前処女詩集「あこがれ」一巻を携え詩壇進出の大望を抱いて出京し、長詩に短歌に、斬新《ざんしん》な詩風を以《もっ》て既《すで》に盛名を馳《は》せて居《い》たのであるが「スバル」創刊の頃《ころ》は小説に手を染め「鳥影《とりかげ》」と題する新聞小説にとりかかると共に、つぎつぎ短編を発表し意気軒昂《いきけんこう》たる時代であつた。

（中略）

啄木は私に小説の腹案など話し、私が天理教に関係ある何かのお話をしたのを大変面白がつていつかそれを纏《まと》めて短編を書いて見たいなど云《い》つていた。

（後略）

（昭和二十六年八月十日付「大日本紡績社報」より引用、原文のママ）

末筆になったが、『天理時報』に最初のエッセーを掲載していただいてから、十四年がたつ。本書の出版に尽力してくださった道友社の諸氏に心からお礼申し上げる次第である。

平成二十年五月

川村たかし

川村たかし

1931年、奈良県五條市生まれ。奈良学芸大学（現・奈良教育大学）卒業後、五條市の小・中・高校、奈良教育大学、梅花女子大学で教鞭をとる。日本児童文芸家協会会長。日本文芸家協会、日本ペンクラブ会員。

1978年、『山へいく牛』で第16回野間児童文芸賞、国際アンデルセン賞優良作品賞受賞。1980年、『北へ行く旅人たち』『新十津川物語』などの作品に対して第2回路傍の石文学賞受賞。1981年、『昼と夜のあいだ』で第21回日本児童文学者協会賞受賞。1989年、『新十津川物語』（全10巻）で第29回日本児童文学者協会賞、第36回産経児童出版文化賞大賞を受賞。のちのＮＨＫテレビ放映をきっかけに、新十津川町に「新十津川物語記念館」が設立され、名誉館長を務める。

1995年、『天の太鼓』で第19回日本児童文芸家協会賞受賞。

2000年、児童文学の発展に寄与したとして文部大臣表彰。

2001年、紫綬褒章受章。

風《かぜ》の声《こえ》 土《つち》のうた

2008年7月1日　初版第1刷発行

著　者　川村《かわむら》たかし

発行所　天理教道友社

〒632-8686　奈良県天理市三島町271

電話　0743(62)5388

振替　00900-7-10367

TENRIKYO DOYUSHA

印刷所　株式会社天理時報社

〒632-0083　奈良県天理市稲葉町80

ISBN 978-4-8073-0530-8

定価はカバーに表示